Lino de Albergaria

O ANO DA COPA

Catalogação na Publicação

A329

Albergaria, Lino de

O ano da Copa / Lino de Albergaria. – Belo Horizonte: Quixote+DO, 2022.

194 p.; 15 X 21 cm

ISBN 978-65-86942-74-3

1. Romance. 2. Ficção. 3. Literatura brasileira. I. Albergaria, Lino de. II. Título.

CDD 869.93

Elaborada por Bibliotecária Janaina Ramos – CRB-8/9166
Índice para catálogo sistemático
I. Romance : Literatura brasileira : Ficção

Nesta edição, respeitou-se o Acordo Ortográfico da Língua Portuguesa de 1990, que entrou em vigor no Brasil em 2009.

Conselho editorial Alencar Fráguas Perdigão, Cláudia Masini
Editora responsável Luciana Fonseca Tanure de Castro
Editor João Camilo de Oliveira Torres
Revisão Valter Braga
Capa, projeto gráfico e diagramação Caroline Gischewski
Gerente financeiro Sofia Rossi
Tecnologia de informação Alessandro Guerra

Rua Alagoas, 1270 – Sala 304 | Savassi
30.130-168 | Belo Horizonte | MG
editoraquixote@gmail.com | (31) 3141.1256

@quixote.do /quixotedoeditora /quixotedoeditorasassociadas

Meu pai me levou, ainda adolescente,
Ao Maracanã. O Brasil perdeu a Copa!
Meu pai chorou, eu torcia pelo Uruguai.

Não entendi por que trocaram de lado,
E continuaram o mesmo jogo, ao contrário.

Antonio Miranda

CICLISTA

Para se aventurar na ciclovia, Lídia se vestiu de acordo. Providenciou a bermuda e a camisa adequadas, além das luvas, do capacete e das sapatilhas. Pedalou com entusiasmo pela pista pintada de uma cor bem visível, entre o rosa e o laranja.

A ciclovia se juntava às várias inovações no trânsito, as avenidas mais largas, novos viadutos, os ônibus articulados e as estações do BRT, com sua pista exclusiva. Belo Horizonte reinventava seu cotidiano. O ano da Copa, farto de novidades, era para não ser esquecido.

Tanto quanto os demais belo-horizontinos, o que Lídia mais queria era a ampliação do metrô. Pena que o projeto foi abandonado. Era caro, de execução difícil, e o tempo se mostrava curto. Ela continuaria desejando um ramal subterrâneo, unindo a Savassi e a Pampulha. Foi excesso de confiança acreditar que turistas e moradores chegariam de um modo tão rápido e prático ao estádio.

Havia, contudo, a expectativa de que o jogo de abertura, com a sonhada presença da nossa seleção, acontecesse em Belo Horizonte. A isto se dedicava o governador de Minas, apelando às suas relações com os dirigentes da Confederação Brasileira de Futebol. Seria um privilégio imenso, já que a cidade teria uma ampla exposição midiática. Gente do mundo todo, na expectativa do torneio e ainda com alguma esperança em suas seleções, de olho no Mineirão.

O estádio estava pronto, um dos primeiros com as obras concluídas. A presidenta, como gostava de ser chamada, natural da cidade, tinha vindo para a reinauguração. Usando o capacete de proteção dos construtores, chegou a cantar com o coro entusiasmado dos presentes. "O Mineirão voltou".

Quando foi inaugurado, no começo do governo militar, o colosso de concreto bruto, tão próximo da lagoa da Pampulha, rapidamente se tornou o local mais popular na vida dos belo-horizontinos. Era o segundo maior do país e logo fez crescer os times mineiros.

Atualizado e mais confortável, estava pronto para acolher grandes disputas e torcedores do planeta inteiro. Voos internacionais utilizando o aeroporto de Confins vinham, ao mesmo tempo, insinuando que um incômodo e rançoso provincianismo percebido na população local começava a ser sepultado.

O futebol se tornara um ganho inestimável para promover nosso país. Depois da primeira taça, fomos bi, fomos tri, nosso prestígio foi se acumulando até chegarmos ao penta. Parecemos alegres, descontraídos, simpáticos. Ninguém duvida de nossa hospitalidade. E nossa música, do samba à bossa nova, vem sendo tocada nos rádios mundo afora.

Continuamos tendo um bom futebol, embora não tão diferente do que jogam os outros. Investimentos financeiros colossais recebidos por clubes europeus diminuíram o caráter nacional do esporte. Os jovens craques, tanto quanto usar o uniforme do Brasil, querem os salários em euros, junto com a fama, o patrocínio das grandes marcas esportivas e o assédio, mesmo interessado, de belas mulheres.

Mais importante é que a cada quatro anos ainda podemos nos revelar orgulhosamente brasileiros. Vestimos nossas camisetas amarelas, carregamos nossa bandeira, e, de uns tempos para cá, também pintamos nossos rostos. O futebol nos une e resgata nossa mais genuína alegria.

A ciclista acreditava na força contagiante do esporte. Lídia tinha visto um velho filme sobre Garrincha. O título era *Garrincha, alegria do povo* e lhe lembrou o nome de uma composição de Bach, *Jesus, alegria dos homens*. Não fosse o filme, ela não saberia quem foi Garricha, que, gênio dentro do campo, era excessivamente simples e até tolo na vida pessoal. Pensou que não havia mais lugar para atletas como ele. E que a alegria do povo ou dos homens seria muito diferente. Estimulada pela mídia mundial e cotada em moeda forte.

Distraída por suas reflexões, num cruzamento, quase foi atropelada pela grande camionete importada. Imaginou que o motorista fosse se desculpar, mas ouviu um grito de raiva:

— Presta atenção, mocinha estúpida. Aqui não é lugar para bicicleta!

Infelizmente certas pessoas reagiam muito mal às mudanças. Mas elas se espalhavam depressa, e os postos com as bicicletas para alugar, no mesmo tom laranja que identificava o banco patrocinador, se multiplicavam pela cidade. As *bikes* não estavam sendo roubadas nem destruídas, como chegaram a prever.

O único argumento de peso contra aquele modo de se deslocar seria o relevo difícil de Belo Horizonte. Tantas subidas não convidavam ao ciclismo. Por isto as pistas pioneiras foram abertas em ruas mais planas.

NO TÁXI

Ele aguardava o passageiro, começando a se inquietar. Seu Jaime vinha sempre atrasado, querendo que o motorista corresse pelo trajeto para ele não perder o voo. Desta vez, não seria tão estressante. Já tinham liberado as pistas exclusivas para ônibus e táxis até Confins, considerado o aeroporto mais afastado do país em relação ao centro da cidade.

— Bora lá, Josué!

Jaime chegou transbordando energia. Praticamente uma vez por mês ia para São Paulo e se tornou um cliente fixo. Josué gostaria de ter outros nas mesmas condições, pois era uma corrida que valia muito a pena. Infelizmente não pegava ninguém na volta, não era credenciado. E, para ir, tinha a concorrência desigual dos privilegiados carros azuis e dos ônibus especiais.

Josué ainda não tinha estreado a vaga na porta de um hotel há pouco inaugurado. Um colega o apresentou ao recepcionista que lhe garantiu a posição quando começasse a Copa. Seria cobrada uma comissão sobre o valor da corrida. Ele aceitou pela garantia de trabalho certo.

Tinha planos de se estabelecer em definitivo naquele ponto. Soube que o gerente ia cadastrar taxistas interessados em conduzir os hóspedes para visitas a Ouro Preto e a Inhotim, percursos que se faziam no mesmo dia. E assim o turista pernoitaria no hotel.

Entre os vários locais construídos recentemente, aquele ainda não atraía muitos hóspedes, mas as reservas para junho e julho estavam esgotadas. Mesmo porque uma parte dos futuros concorrentes lutava contra o atraso, provavelmente fatal, de suas obras.

— E o curso de inglês, Josué?

— Estou firme, Seu Jaime.

Mas aquele passageiro não dava importância ao idioma dos americanos. Tinha vibrado quando a Alca não deu certo. Fazia fé no Mercosul. Dizia que o Brasil começava a caminhar com as próprias pernas. Por isso tínhamos sabotado a aliança comercial com os americanos do norte.

Não tinha gostado quando Josué comentou que saber inglês seria útil de outra forma. Um vizinho, Cléber, foi para a Holanda e mandou notícia de que rodava a Europa, onde quase todos entendiam inglês, dirigindo um caminhão.

— Deixa disso, rapaz. Você não precisa imigrar. A vez do Brasil já está começando. Por acaso esse Cléber é de Valadares?

— De perto.

— Pelo menos não quis entrar nos Estados Unidos com a ajuda, sem garantia nenhuma, de um coiote. E, se conseguisse atravessar a fronteira, iria viver na ilegalidade, com medo de ser apanhado e deportado.

O resto da viagem ele falou sobre os Brics, o grupo de países que mais cresciam no planeta e que começavam a inverter o controle da economia e da política. Tanto americanos quanto europeus iriam aprender a comer poeira com as futuras potências mundiais. A primeira letra da sigla vinha de "Brasil".

Otimista, Jaime vaticinou, quando chegavam ao local de embarque:

— Depois que a gente ganhar o hexa, ninguém vai aguentar este país. Para começar, só nós vamos ter seis taças no bolso!

Na longa viagem de volta, sozinho no carro, Josué pensou na conversa do cliente. Mesmo se o Brasil, por um vacilo ou um golpe de sorte, não vencesse, o respeito que conseguimos no mundo não se abalaria tanto. Podia imaginar o vice ou mesmo que a gente parasse na semifinal depois de uma disputa acirrada.

Só que não seria assim. O título viria para mudar nossa vida. Tudo ia acontecer como seu passageiro pensava. Estava sentindo o clima favorável. A urucubaca da Copa de 50 não tinha a menor chance de se repetir.

A vida ia melhorando para todo mundo. Não encontrou um só mendigo junto aos semáforos. Ele não vinha progredindo nas aulas do outro idioma? O sacrifício de seu tempo e de suas folgas seria recompensado. Pena que não tinha com quem praticar. Mas se sentia bastante animado. Quando o primeiro gringo abordaria seu táxi?

RODOVIÁRIA

Quando desceu do ônibus com a bolsa de viagem quase nova, que a mãe comprou de uma vizinha, Alex se viu caminhando entre as pessoas que procuravam a saída. Muitas se dispersaram rumo aos táxis que aguardavam, com os motoristas agitados, do outro lado da grade. Foi tudo muito rápido, sem que ele tivesse tempo de ceder à apreensão diante do desconhecido.

Na saída, no entanto, não acompanhou os que se afastaram, rumo à avenida em frente ou às ruas laterais. Ele se lembrou do que estava combinado com o tio. Tinha de esperar perto da escada, junto a um cubo azul com a letra A.

De sua posição olhou, ainda desorientado, o que se passava à sua volta. Uma ponta de ansiedade se misturou ao fascínio diante de tudo que ia surgindo.

Mal tinha amanhecido, e a cidade já mostrava um bom movimento. Passageiros chegavam, outros partiam.

Carregadores abordavam as pessoas às voltas com a bagagem. Alguns sabiam por onde embarcar, outros hesitavam, tentando se localizar. Os demais se aproximavam dos guichês de passagens.

Guardas de trânsito obrigavam os carros a seguirem em frente, assim que desciam os passageiros. Outros policiais expulsavam um ou outro garoto que tentava entrar para pedir dinheiro. O tio estava demorando.

Alexsandro queria ter um celular. Assim poderia ter avisado que já estava lá, do jeito que a mulher ao seu lado fez para chamar o marido. Acordou com a voz dela, ao mesmo tempo em que o motorista acendia as luzes do ônibus. No começo da viagem, houve uma discussão envolvendo um homem que falava alto em seu telefone e passageiros que queriam dormir.

Por pouco não tinha perdido o horário. Já iam fechando a porta. O fiscal o fez correr. Para sua sorte, o motorista nem viu sua identidade. Poderia ter sido barrado. Ainda não tinha feito dezoito.

Ocupando a poltrona do corredor, mal percebeu a paisagem que a noite borrava. Quando adormeceu, tudo foi recuando para longe dele, inclusive os barulhos. Mal abria os olhos, quando a luz era acesa e os passageiros desciam nas paradas. As imagens do sonho fugiam na mesma velocidade com que o ônibus corria no asfalto.

Ali, finalmente, estava à sua frente, a capital. Aquela era Belo Horizonte. Os carros e os ônibus percorrendo as várias pistas, os prédios em volta, de diferentes alturas. Lá no fundo, a serra compacta.

Por que o tio não aparecia? Jurou que, logo que pudesse, ia comprar um celular. Achou que na viagem era o único sem ter um. Nem se imaginava tomando outro ônibus para voltar. Pensou que o destino dele e de todos em volta estava nas mãos de alguém mais poderoso.

Veio porque Jório precisava de um ajudante. O parente queria lucrar o máximo com as camisas da seleção, as bandeiras do Brasil, as vuvuzelas. A oportunidade não se repetiria tão cedo. Para um ambulante, um presente caído do céu.

A Copa do Mundo, na qual o sobrinho pouco tinha pensado antes, estava se revelando um momento muito importante para os dois. Naquela cidade, em pouco tempo, Alexsandro faria dezoito anos.

NA ESCOLA

Nem todos os alunos retiveram a informação do professor de Ciências. Os estádios da Copa, o Mineirão incluído, seriam ecologicamente sustentáveis. Haveria reaproveitamento da chuva no uso da água, e a nova iluminação resultaria num baixo consumo de energia.

Alcides sempre abordava a questão ambiental, citando a Conferência Rio 2000, quando o Brasil se alinhou com a vanguarda dos países ecologicamente responsáveis. Defendia a preservação da Amazônia e do Pantanal. Aprenderíamos a não derrubar as florestas nem a envenenar os rios, como não veríamos de braços cruzados a lenta extinção de nossos índios. Um novo país e um mundo mais equilibrado resultariam da maneira como já começávamos a tratar o planeta. Economia sustentável e não predatória era a senha para que nos firmássemos como a grande esperança da Terra.

No recreio, alguns resistiam a jogar os copos plásticos ou as embalagens do lanche na lixeira. O destino de seu lixo ainda era o chão. Os que brigavam por uma mudança de atitude eram vistos como chatos. Certos alunos consideravam Alcides o próprio "ecochato". Mas Tiago simpatizava com a defesa do meio ambiente, embora nunca tivesse plantado uma árvore. Contentava-se em jogar o lixo no lugar apropriado.

Seus colegas contavam com a dispensa das aulas quando houvesse jogos no meio da semana. Aconteceu assim na última Copa nos dias em que o Brasil jogou. O trânsito congestionado iria dificultar o acesso às escolas. As repartições públicas, em sua grande maioria, não deveriam abrir. Mesmo o comércio teria horários reduzidos.

Apreciou os feriados improvisados, embora não o excitasse muito a proximidade do começo dos jogos. Não gostou quando as provas do semestre foram antecipadas. É que sua família não era nem um pouco fanática por futebol. Só se interessava nos períodos dos mundiais e torcia discretamente pelo Brasil.

Seu irmão Matias, já na universidade, avisou que iria torcer contra a seleção. Estava muito entusiasmado com as manifestações que se alastravam desde a Copa das Confederações, em protesto contra os gastos milionários que a Fifa impunha ao país.

Quando repetiu a ele o que pôde guardar da aula de Ciências sobre os avanços dos estádios em relação à sustentabilidade, não teve como responder à ironia de Matias.

— E o gás tóxico que tantos carros vão espalhar pela cidade, a caminho do Mineirão? E a poluição sonora? Pensou nos cachorros aterrorizados pelo exagero de foguetes estourando?

Matias andou marchando entre os que gritavam "Não vai ter Copa", apesar da preocupação de sua mãe. Alguns exaltados, usando aqueles gorros de ninja que só deixavam aparecer os olhos ou improvisando máscaras, começavam a depredar lojas no caminho das passeatas, em especial agências de banco e revendedoras de automóveis, além de viaturas policiais. O pai impediu o filho mais velho de continuar se manifestando, mesmo o rapaz garantindo:

— Eu não sou um *black bloc*!

— Não vai torcer pelo Brasil? Não vai acompanhar o Neymar? – o caçula quis saber dele depois.

— Claro que não.

— Mas não vai ter nada para você fazer na hora dos nossos jogos. Tudo vai ficar fechado na cidade.

— Posso ver um filme ou escutar música no quarto. Para isto tenho fones de ouvido.

Tiago participou do bolão na escola para o primeiro jogo do país. Escolheu o placar de dois a zero contra a Croácia em São Paulo. Daria outro resultado. Um três a um que animaria bastante a imensa torcida. Seus colegas lamentaram que Belo Horizonte perdeu a batalha para abrir a disputa. Queriam muito que fosse no Mineirão.

DESCONFIANÇA

Era das pouquíssimas pessoas que ignoravam a Copa. Nunca gostou de futebol e fazia questão de não entender suas regras. Nas poucas vezes em que se deteve diante de uma partida na televisão, não viu graça nem sentido naquela correria atrás de uma bola.

Até aceitava garotos jogando na rua, apesar de isso acontecer cada vez menos. As brincadeiras nem tinham mais lugar com o trânsito constante de veículos. Mas era um absurdo quando adultos distorciam o que não deveria passar de uma diversão. Em torno do futebol havia, além do dinheiro correndo fácil, muitas coisas que Maria Alice achava ruins.

Piores que os jogadores, em geral imaturos, desinformados e vaidosos, despreparados para lidar com a fama, eram os dirigentes dos clubes. Costumavam manipular torcedores sem discernimento, incluindo quem poderia dar a vida por uma causa estúpida. Não entendia por que tantos jornalistas e até certos escritores se comprometiam tanto com aquele esporte.

O futebol expressa a alma do Brasil, tinham tentado convencê-la com a frase que lhe soava ridícula. A alma do Brasil seria tão primitiva que só se manifestaria em comemorações ruidosas e confusas, como acontecia também no carnaval? Quando o povo iria se mostrar mais evoluído, com interesses mais comedidos e diversificados? Duvidava que pudesse acontecer tão cedo.

Aquela Copa com jogos na cidade não era a princípio bem-vinda para Maria Alice. Tinha se aposentado, depois de décadas em salas de aula e, nos últimos tempos, vir se decepcionando com os alunos. A cada período letivo eram mais desinteressados e dispostos a inventar novas formas de cola. A informática permitia que copiassem conteúdos que nem se dispunham a entender. Aprendiam cada vez menos. Eram uma minoria os que se dedicavam de verdade à geografia. Por isso sabiam tão pouco do mundo, pelo qual praticamente não se interessavam.

Viciados nas calculadoras eletrônicas, os jovens não sabiam mais fazer contas. E as letras? Digitavam com bastante rapidez, mas escreviam manualmente com garranchos, como se fossem apenas alfabetizados.

Ela se aproveitava, nas Copas passadas, quando eles estavam motivados pela mídia, para fazer com que soubessem algo mais sobre os países participantes. Recordava-se de quando apareceram os times africanos, chamando a atenção para um continente esquecido.

Na competição partilhada entre Japão e Coreia do Sul, um aluno aprendeu de ouvido o nome de Seul. Escreveu na prova a palavra apenas com um C e um U. Chegou a pensar que se tratava de uma provocação, um desaforo. Depois entendeu que era ignorância, cada vez mais corrente à medida que os anos se sucediam.

Agora estava perplexa. Não eram mulheres da idade dela que anunciavam seu desprezo pela Copa do Mundo. Jovens, de ambos os sexos (ela não se acostumava a dizer "gêneros"), saíam à rua gritando "Não vai ter Copa". Alguns punham fogo em propriedades alheias. Um *flash* tardio da Revolução Francesa em terras nacionais.

O povo estava, do nada, se tornando violento? Não era o que realmente pensava. Basta ser humano para soltar a violência interna. Quem subjugou índios e torturou escravos fazia isto com naturalidade. Maridos, até outro dia, não tinham direito de lavar sua honra matando a mulher que considerassem infiel?

Não entendia o poder conferido às torcidas organizadas. Verdadeiras gangues permitidas e incentivadas. Não era incomum a violência covarde contra cidadãos pegos desprevenidos e sozinhos usando a camisa adversária.

Maria Alice começou a ter medo. Qual seria o efeito no ânimo coletivo se a seleção não vencesse? Já havia um precedente na outra Copa disputada entre nós, se bem que a tristeza e a decepção pela final perdida em 1950 foram em pouco tempo superadas com a geração de Pelé.

O talento dos craques daquela época brotou no ambiente de uma boa fase geral. Também vista na cultura e na economia. O país crescia e era criativo. Aquele abalo na autoconfiança do povo, ainda recordado pelos pessimistas habituais, não causou maiores estragos na boa disposição dos brasileiros.

Ela percebia algo imprevisto surgindo agora. Um rancor prolongado vinha gerando uma intensa animosidade no convívio entre pessoas com pensamentos diferentes.

Passou a torcer a contragosto pelo Brasil. Pois a derrota permitia uma preocupante possibilidade. As portas abertas para o pessimismo e o desalento nos levariam a uma disposição de ânimo ainda difícil de ser imaginada. O ressentimento, que lhe parecia tão mesquinho, não precisava deitar raízes e se espalhar entre nós.

MÚSICA

Diego criticava os artistas convidados para a abertura da Copa. Era, na verdade, a parte que Letícia mais se interessava em assistir. O espetáculo com músicos famosos e a cenografia sempre impressionante a atraiam mais do que os jogos. Ela não quis confessar ao primo o quanto curtia as cantoras escaladas para o show.

Diego e seu grupo viravam o rosto para tudo que não fosse chorinho. Eles esperavam, ansiosos, para saber se iriam ser chamados para tocar na Fan Fest programada para acontecer na Savassi. Ela torcia para que conseguissem, seria uma oportunidade de ir à festa, participar do agito, conviver com os gringos. Uma compensação por não poder assistir Cláudia Leitte e Jennifer Lopez no Mineirão. Nem considerou viajar a São Paulo, com hospedagem e ingressos tão caros. Mas se fosse aqui, ela daria um jeito de estar na plateia.

Diego menosprezava a música de que ela e os de sua idade gostavam. Achava pop, funk, axé, rap e até sertanejo variações da mesma mediocridade. Ela tinha Lady Gaga como cantora favorita no momento, mas o primo também não a aceitava, porque torcia o nariz para qualquer sucesso internacional. Para ele, sempre música de consumo. Letícia, no entanto, influenciada pelos amigos gays que idolatravam Gaga, ouvia suas canções e adorava *Applause*. Só não pretendia imitar a artista tão extravagante, como faziam os meninos.

Ela se sentia bem com eles, eram divertidos, não levavam nada a sério. Não era atraída por política como todos do grupo de choro, que tinham de esconder que, no fundo, adoravam futebol. Diego, que não era tão radical nesse outro assunto, apostava que eles não iriam aguentar e assistiriam aos jogos pela televisão.

Lobinho era o único que admitia ser fã do selecionado. Era também o único dos rapazes que a incomodava. Queria lhe dar aulas de cavaquinho, mas ela não se interessava pelo instrumento e achava o choro, o ritmo que eles tocavam, tão melancólico quanto o próprio nome, por mais que Lobinho tentasse provar que não, que era um ritmo bem animado.

— Ele está a fim de você – disse Diego.

— Pode ir desistindo.

— Mas por quê?

— Não tem nada a ver comigo.

O primo teve de concordar e lamentou pelo amigo.

— Então fala isso com ele.

Diego voltou a ensaiar. Letícia não queria escutar pela terceira vez o *Brasileirinho*. Foi buscar os fones de ouvido. Na varanda queria ouvir em paz Luan Santana no smartphone, *Tanto faz*.

Cantarolou com ele: "É que você me causa febre/ De uns quarenta graus ou um pouco mais/ Eu quero é você/ Eu amo só você/ E o resto tanto faz/ Tanto faz".

Ninguém nunca iria lhe provocar febre. Não era assim que ela imaginava que seria o amor. Diego iria dizer que era uma letra de mau gosto, do mesmo jeito que a melodia. Ela não se importava, achava que gostava mesmo era do trecho: "Eu amo só você/ E o resto tanto faz". Gostaria de experimentar a sensação na real.

AVIÃO

O aeroporto de Frankfurt era, sem dúvida, o maior que ele conheceu. Teve de caminhar rápido, sem tempo para compras no *free shop*, para não perder sua conexão. Na fila de embarque voltou, finalmente, a ouvir português. Passara três anos na Baviera, reaprendendo a língua que os próprios pais foram abandonando. Morou com o avô, que não entendia português.

Arno voltava ao país em que nasceu, pronto para ensinar alemão ou se tornar um tradutor. Infelizmente o Instituto Goethe de Belo Horizonte tinha fechado as portas. Iria dar aulas particulares, mas se fosse preciso se mudaria para São Paulo, buscando trabalho numa firma com negócios com os alemães.

Ainda não era tempo de pensar nisso. Só não pretendia desistir e voltar para a cidadezinha do avô, na fronteira com a Áustria, com aquele pessoal curtindo se fantasiar de tirolês, enchendo a cara de cerveja, comendo joelho de porco e repolho. Se fosse para Munique, não teria um emprego de seu gosto. Neto de alemães, não tinha feito seus estudos na Europa. O que seria então? Garçom? Recepcionista de hotel? Funcionário do metrô? Condutor de bonde?

Conseguiu um assento junto ao corredor do avião da Lufthansa, enorme, com seus dois andares. Não prestava atenção na conversa dos outros passageiros, meio perdido entre os fragmentos de português e de alemão. Na sua fileira, duas mulheres gaúchas pensaram que, pela aparência, ele fosse alemão. Confessou que era descendente.

— E para quem você vai torcer? – perguntou a que se sentava mais perto.

Foi quando se deu conta de que, bem mais que para os europeus, futebol era o assunto do dia dos brasileiros. Era em seu país que iam transcorrer os jogos. Em breve, os voos para São Paulo ou para o Rio estariam cheios de alemães entusiasmados, prontos para invadir o Maracanã, o Mineirão ou aonde for que sua seleção jogasse.

As vizinhas continuavam falantes:

— O time alemão vai ficar concentrado numa praia da Bahia. A federação deles mandou construir as instalações, que depois vão ser doadas para a comunidade.

— O futebol está ficando diferente, mais solidário – disse a outra.

— Ouvi falar que os japoneses trazem sacos plásticos e recolhem todo o lixo dos estádios eles mesmos – retomou a primeira.

— Com certeza essa moda vai pegar. O mundo está cada vez mais consciente – comentou a companheira.

Arno não dizia nada. Entendeu que elas só queriam ser ouvidas. De vez em quando sorria ou acenava com a cabeça. Mas não pôde reprimir um bocejo.

— Ah, você já está cansado – uma delas percebeu.

Ele se desculpou, mas aproveitou a chance e se acomodou para dormir. Acordou assustado com o toque do comissário, pedindo para que abrisse a bandeja encaixada no braço de sua cadeira. Tinha chegado o jantar.

No seu sonho, as pessoas só falavam alemão e se refugiavam em casa. As ruas estavam vazias. Seu avô tentava acender a lareira.

O comissário de bordo regulou a saída do ar condicionado. Estava mais frio do que deveria. Arno custou a dormir outra vez. Não sonhou mais ou não se lembrou do sonho.

A viagem não tinha acabado. Havia mais um voo, pelo menos bem mais curto, para Belo Horizonte. Em português, despediu-se das gaúchas. Em breve não escutaria mais a outra língua.

O ANÚNCIO

Raramente lia jornal. Mas o cliente deixou a folha bem ao lado dela. Era a página de empregos. Ficou animada a fazer uma leitura rápida. Não estava dando certo ser manicure num salão de cabeleireiros masculino. Homens dificilmente faziam as unhas. Era melhor se conseguisse lugar num local exclusivo para mulheres.

Tinha passado a lavar os cabelos dos que aceitavam ser tocados por ela. A maioria dos frequentadores era retraída, incluindo os mais bonitos. Um ou outro podia ser ousado. Geralmente os mais velhos. Havia os que até deixavam que ela cortasse e lixasse suas unhas para que pudessem pegar em suas mãos com um sorrisinho maroto. Ou roçar em suas pernas, fingindo ter sido por acaso. Houve um que esbarrou em seus seios. Mas ela não gostava de careca nem de barriga. E eram sempre casados.

Como estava há muito tempo à toa pegou o jornal e levou para uma cadeira mais afastada para que os barbeiros não vissem o que ia fazer. Queria verificar se entre os empregos oferecidos não existia uma vaga em um novo estúdio de beleza. Não achou nada.

No outro canto da página, havia uma procura por massagistas. Ela sabia que massagista queria dizer outra coisa. Logo abaixo, o texto era menos sintético e mais explícito. Acompanhante. Oferecia para mulheres jovens e bonitas trabalho numa casa que atendia cavalheiros. Negras eram bem-vindas. Ressaltava uma procura especial durante a Copa do Mundo.

Foi então chamada por um dos cabeleireiros:

— Um cliente para você, Mariana.

O homem já se dirigia à pia. Antes ele olhou bem vagarosamente para seu corpo. Deu um sorriso de aprovação. Ela já tinha ouvido, de um outro, a pergunta em voz baixa se ela fazia programa. Ofendida, molhou de propósito o colarinho daquele homem, que, claro, protestou gritando. O dono do salão percebeu o que aconteceu, mas não disse nada.

Mariana esperou que o cliente que a olhou tão fixamente murmurasse algo inconveniente, mas talvez não fosse se incomodar tanto. Tinha belos cabelos grisalhos e era magro. Antes que ele pusesse a cabeça no encosto da pia, ela experimentou a temperatura da água, até que a sentiu no ponto ideal. Pela primeira vez demorou de propósito na tarefa, ensaboando os cabelos finos e agradáveis de tocar. Com a ponta dos dedos, massageou intensamente o couro cabeludo.

Foi surpreendida com a risada de outro cliente. O homem tinha adormecido. Sua massagem fez aquele efeito. Ele acordou, confuso, não olhou mais para ela. Quando foi embora, deixou uma gorjeta bem magra.

Foi pouco solicitada o resto da tarde. Os mais jovens naquele salão eram pouquíssimos. Os frequentadores habituais eram idosos. Ela pensou que nem deveriam transar mais, ou só recorrendo a comprimidos. Não gostaria de ir para a cama com aqueles sujeitos. Mas o magro grisalho a tinha interessado. Sentiu como o olhar atrevido tinha mexido com ela.

Uma ex-colega de escola fazia programas. Foi o jeito mais conveniente para ela sustentar o filho que o namorado não assumiu. Ela não tinha uma criança para cuidar. Mas o pai era encostado por um acidente de trabalho, recebendo uma pensão baixíssima da Previdência Social. A mãe apenas cuidando dele, o dinheiro que Mariana ganhava era necessário em casa. Pouco sobrava para ela. Por isto, só usava roupas e maquiagem baratas, compradas com dificuldade. E nunca viajava.

Se conhecesse um gringo, desses que se enfeitiçam por brasileiras, o homem poderia levá-la com ele. Iria descobrir outro lugar, experimentar outra vida. Andaria de avião. Passearia por paisagens de cartão-postal.

Na hora de ir embora, não colocou o jornal no lixo, como fazia sempre. Guardou na bolsa.

A CIDADE PARADA

Pegou a passageira numa rua mais movimentada da Floresta. Ela queria ir para a região da Savassi, mas não tiveram como chegar. Quando entrou na avenida João Pinheiro, o trânsito não fluía. Pessoas foram surgindo a pé, com faixas e cartazes. Em pouco tempo só elas conseguiam se locomover. A mulher se inquietou:

— Ai, meu Jesus, vai dar confusão!

Os grupos que começaram as manifestações contra as tarifas de ônibus agora gritavam contra a Copa. Ele não entendia por quê. Ninguém tinha um motivo aceitável para ser contra o evento. Quis partilhar sua opinião, mas, do banco de trás, a moradora da Floresta não respondeu. Ela nem o ouvia.

Teve de desligar o motor. Nenhum veículo conseguia sair de onde parou. A passageira se agitava e, pelo retrovisor, Josué acompanhou seu nervosismo crescer.

— Vamos embora daqui, motorista!

— Não tem jeito. São muitos carros atrás de nós. Ficamos bloqueados.

Bandeiras passaram a ser movidas mais adiante no meio das palavras gritadas e que ele não ouvia com clareza. Impossível divisar o Palácio da Liberdade lá no alto da praça. Bem no seu início, perto da esquina da lanchonete Xodó, funcionava o relógio que contava o tempo regressivo para a Copa. Estava ali há bem mais de dois anos, inaugurado quando faltavam exatos mil dias para os jogos, com a presença de Pelé, nosso Atleta do Século. Ainda não tinha sido danificado.

— Não vai ter Copa! – uma jovem, bonitinha e com cara de rica, gritou ao lado de sua janela.

Ele comentou:

— Ela nem deve andar de ônibus, por que está no meio dessa bagunça?

A passageira desta vez o escutou:

— O preço da passagem é só uma desculpa. Essa gente quer é arruaça.

— Mas por quê?

— Não quero saber! Quero que isto pare! Tenho saudades dos militares. Eles iriam pôr ordem neste país. Nem que fosse na ponta das baionetas.

Josué achou aquilo tão inoportuno. Baionetas eram armas fora de época e desprezadas, a não ser em filmes de guerra. Para que aquela mulher gostaria de voltar no tempo? A gente tinha que caminhar para frente. Gostaria de saber falar como Seu Jaime e dar a ela uma aula de otimismo.

— Quando a gente for hexa... – tentou dizer.

Mas começou uma correria nas calçadas, e uma fumaça que até então não tinha percebido foi se alastrando pela avenida João Pinheiro.

— Merda! Estão pondo fogo no banco – ela entendeu antes dele.

A passageira abriu a porta e saiu do carro, correndo apavorada na direção da Afonso Pena. Josué pensou no prejuízo. Ela não acertou a corrida.

Os motoristas atrás dele entenderam o perigo, organizaram a retirada e começaram a dar ré. Ele também pôde deixar a confusão. Se a mulher tivesse esperado mais um pouco...

Os pedestres, como baratas em fuga, se espalhavam para todos os lados. A Polícia Militar estava usando gás lacrimogêneo. O taxista foi para casa. Não se animou a continuar na rua.

Nos dias seguintes ele evitou rodar pelo Centro e pela Savassi. Mas quando começassem os jogos, teria de ir por onde quisesse a clientela. Era o momento de faturar com seu trabalho, e nada o faria desistir.

Logo houve mais confusão. Primeiro na Praça Sete. Depois, a Copa já sendo jogada, na Getúlio Vargas. Viu pelo noticiário o grupo de mulheres que tirou a blusa, ficando de sutiã na frente dos policiais.

Tinham pichações na pele, acima da cintura. “Fifa, paga minha tarifa”, “Meu corpo se manifesta”. Josué entendia cada vez menos o que acontecia.

ACABA MUNDO

A viagem pela cidade foi mais curta do que a longa espera na rodoviária. Jório teve problemas no caminho com a velha kombi, carregada de objetos para agradar aos torcedores. Mas veio o momento de Aleksandro começar sua experiência pela capital de Minas.

Ele achou interessantes os chapéus, a primeira coisa em que reparou ao entrar no carro. Pareciam fantasias de carnaval. Os mais engraçados tinham no alto uma bola de futebol com gomos amarelos e verdes. Achou que ninguém compraria os enfeitados com chifres.

Mas logo se concentrou na observação da paisagem. O motorista tomou aquela avenida larga e dirigia rumo à montanha. Havia muitos ônibus circulando e muitos sinais de trânsito, que os obrigavam a parar. Surgiam nas esquinas vendedores de bandeiras, que se aproximavam dos motoristas. Jório gostou de ver que eles se interessavam pelo produto.

— Vai ser muito bom pra mim, Alex. E pra você. Se o Brasil sair logo no começo, vai dar ruim. Prejuízo certo.

— Claro que o Brasil vai ganhar, tio.

Numa parada mais demorada, Jório se lembrou de apresentar o local ao forasteiro.

— Aqui é a Praça Sete, e isso aí no meio é o Pirulito.

O rapaz não entendeu o nome do monumento. Pirulito que conhecia era um palito segurando uma bola achatada, endurecida e doce. Também estranhou a Praça ter nome de número.

— Você mora perto da montanha, tio?

— Não é montanha. É a Serra do Curral.

Ele olhou com atenção, não viu curral nenhum. A cidade tinha nomes muito estranhos para seus lugares.

— Moro na Vila do Acaba Mundo.

— O quê?

— É o nome do córrego que nasce por lá e corre para o centro da cidade, mas a gente não vê porque ele foi canalizado.

— Como assim?

— Foi tampado. Antes moravam na nossa vila os trabalhadores de uma mineradora chamada Lagoa Seca.

— A lagoa foi tampada também?

Jório riu. Disse que deve ter secado por outra razão. Alexsandro achou aquele nome bonito. Pensando bem, Acaba Mundo também era bonito. E misterioso.

— A vila é bem localizada. Está na Zona Sul. Fica perto de bairros bacanas. Sion, Anchieta. E dos bem bacanas. Mangabeiras, Belvedere.

Eles então chegaram ao seu destino, mais conhecido como Beco dos Desenganos.

— Viu só? Nossa rua é pavimentada.

Alex, no entanto, achou feia a vizinhança, incluindo a casa onde Jório vivia com a mulher.

— Cadê a tia?

— A Judite trabalha numa casa chique do Belvedere. Chega bem no final da tarde. Mas deixou almoço para nós. O seu está no forno.

Jório ensinou ao sobrinho como usar o fogão. Pegou a marmita que estava pronta e disse que ia à luta.

— Hoje você pode descansar, mas amanhã começa a vida.

Alexsandro não gostou muito de ficar sozinho em seu primeiro dia na cidade. Mas não demorou a ter fome. Cansado, dormiu no sofá da sala. Mal reparou no colchonete contra a parede. Não havia um quarto para ele. Teria de se acomodar naquela sala.

Ali, Judite o encontraria horas depois. O sobrinho não tinha colocado o nariz nem os pés fora do Beco dos Desenganos.

VAI COMEÇAR

Tiago acordou com um entusiasmo incomum naquela sexta. Era a véspera do começo da Copa. A caminho do colégio, chegou a ouvir o som das primeiras vuvuzelas, que tanto irritavam seu pai. Foguetes começavam a ser soltos. Ele foi se animando. A festa ia começar. Mas, na escola, ao entrar em sua sala, tudo continuava igual. A direção queria que o mundo lá fora fosse ignorado.

Mesmo sem que pudessem comentar, havia um clima de decepção entre os alunos porque só programaram três jogos durante a semana, sempre nas terças. A princípio, nenhuma escola iria fazer ponte nas segundas. O mundial em Belo Horizonte, além de tudo, estava começando num sábado.

Mas no recreio formaram-se os grupinhos, bastante motivados pelo que ia acontecer. Não haveria bolão para Colômbia x Grécia. Os jogos na cidade não importavam tanto, sem a presença de nossa seleção. Pouco se comentava que os chilenos usavam Belo Horizonte como base para seus treinos e sua concentração. Outros times estavam por perto. Os uruguaios em Sete Lagoas, os argentinos em Vespasiano. Sortudos eram mesmos os alemães no litoral baiano, o mar à disposição com suas águas mais quentes.

Os noticiários, para compensar, só falavam da competição. O futebol era forçosamente assunto de todos, menos de seu irmão Matias. Os pais se preocupavam mais com a repetição das manifestações. Agora gritavam pela cidade: "Fifa, *go home*".

Tiago parecia o único que ainda não tinha visto um colombiano andando por Belo Horizonte. A torcida deles era bem grande, porque vinham de um lugar mais perto. Mas encontrar um grego era quase esbarrar com um ET. Não tinham aparecido tantos.

A mãe, nos últimos dias, fazia questão de buscá-lo de carro no colégio, embora ele pudesse vir a pé. Ela tinha medo das confusões, dos radicais depredando a cidade, do gás lacrimogêneo da polícia. O pai estava mais tranquilo com a tática que os militares já observavam. Surgiam em maior número que os manifestantes ainda na concentração e os isolavam. Felizmente, segundo ele, o número dos que protestavam deixou de aumentar e até parecia que ia diminuindo.

A cidade teria de almoçar mais cedo. Logo no sábado, quando se podia acordar e fazer tudo mais tarde. Marcaram as partidas para as treze horas.

Distraída, a mãe não correu com a refeição. Quando ligaram a TV, o jogo estava em andamento. A Colômbia tinha feito o primeiro gol. Sua torcida lotou o estádio. Os torcedores rivais podiam ser contados nos dedos. O time foi esperto, usou uma camisa amarela, parecida com a nossa, para atrair a simpatia dos brasileiros.

O que acontecia com os gregos? Não confiavam em seu time e por isso nem se animaram a vir para Belo Horizonte? Os pais não se empolgaram para continuar assistindo. Depois do intervalo, Tiago ficou sozinho vendo a Colômbia chegar aos 3 x 0.

Uma hora a mãe reapareceu, perguntando:

— Você sabe de seu irmão?

— Deve estar ouvindo música no quarto.

— Não. Ele saiu – o pai, que escutou a conversa enquanto lia um jornal, comentou. – Foi ver de perto a festa dos colombianos.

— Se for mesmo isso, tudo bem – disse a mãe.

Tiago se sentiu traído. Por que Matias não o chamou? Não tinha pensado em ir, mas de repente veio a vontade.

Os pais não iam deixar que ele fosse sozinho. Ficou por ali mais um tempo. Fingiu que ia para seu quarto e escapuliu para a rua.

SOMBRAS AO LONGE

Passeando com o cão Fifino, Maria Alice imaginou o quanto ele se incomodaria com os foguetes dos torcedores. Pelo menos não seria por muito tempo. Preferia pensar que as comemorações acabariam em alguns dias.

Até aceitava sacrificar a tranquilidade do buldogue francês, que ela reconhecia feio com suas pernas curtas e a cara achatada, em compensação bastante simpático, por um período de paz para o Brasil. Estava percebendo mudanças sombrias à nossa espera.

Via dois movimentos, muito diversos, alimentando rebanhos igualmente ruidosos. Os que protestavam nas ruas e constituíam uma novidade deixavam aflorar o rancor que assustava a professora. Com a desculpa de um aumento nas passagens, pessoas bem diferentes juntaram seus ressentimentos.

Era a ausência de uniformidade entre os manifestantes que ela tinha dificuldade de entender. Não se lembrava de nada parecido no passado.

Maria Alice sentiu falta dos intervalos na escola, na sala dos professores. Poderia trocar ideias com os colegas, principalmente os da área de História. Algo indefinido ia se configurando, afetando o comportamento de pessoas pelo país inteiro.

As queixas se viraram contra o futebol e a Fifa, com suas arrogantes exigências ao país e, ao mesmo tempo, suspeita de corrupção. Havia quem afirmasse que a votação para escolha da sede teve suborno. De nossa parte. Mas não precisávamos disso. Nossa voz era muito forte entre os cartolas internacionais.

Uma multidão infinitamente maior não se interessava por protestos. Era a que se guiava pelas transmissões ufanistas de televisão, e seu modo de se conduzir se repetia a cada Copa, ávida de celebração e festa.

Um público que se hipnotizava em casa com *realities shows*, frequentava bailes funk na periferia das metrópoles ou festivais sertanejos no interior rico, se dava as mãos para torcer pelo nosso time. Até aprendia a complicada letra do *Hino Nacional* e a cantava com a mão direita sobre o coração. Explodia num grito de guerra, invocando o nome do país, quando os jogadores estavam prontos para iniciar a disputa.

A imensa maioria nem sabia de onde surgiu o nome do Brasil. Mas sabiam tudo de Neymar e seus comentados romances, fãs de um rapaz mimado e que não teve chance de se preparar adequadamente para a grande responsabilidade. Sobre seus pés pesava a confiança de milhões que só admitiam o triunfo.

Alguns, em compensação, ousavam expressar o desejo de que o país perdesse. A professora temia o pesadelo substituindo o sonho, comprometendo a fé em nosso futuro.

Maria Alice não era normalmente tão pessimista. Ainda era uma alegria ser reconhecida por antigos alunos e se lembrar do carinho ou do talento de vários. O momento, porém, era difícil. As pessoas, moldadas pela tecnologia, cada vez mais se comportavam com a frieza previsível dos robôs.

Quando adotou Fifino, precisava povoar sua solidão com seus cuidados e o afeto com que seria retribuída. Ganhou o filhote e o levou para casa, mesmo sem o achar bonito. E o cãozinho espevitado se tornou a companhia para todos os dias. Não teve filhos nem marido. Tinha unicamente se dedicado a tentar abrir as mentes de gerações de colegiais.

Ansiava por um caminho mais promissor para a humanidade. Há algumas décadas, a Guerra Fria fazia com que tivesse medo dos absurdos estoques de bombas e do extermínio nuclear. Isto não aconteceu, prevaleceu o bom senso. Se não acreditava mais em guerras, lamentava as pessoas vivendo sem grandes objetivos e se dedicando a um consumo compulsivo de coisas desnecessárias e seguindo hábitos padronizados.

Não queria que seu país dependesse tanto do sucesso no futebol, mas, se conseguíssemos o tal hexacampeonato, teríamos uma atenção inédita do mundo. Com o novo prestígio e o otimismo recuperado, os brasileiros poderiam se mostrar generosos, mais justos, pacificados e amáveis com todos. O país seria aquele em que Maria Alice gostaria de continuar vivendo.

FESTA

Para a segunda festa, a banda de Diego conseguiu ser escalada. Era uma terça-feira e havia bem menos turistas. Os colombianos da abertura tinham vindo com tudo, criaram uma multidão animada, parecidos com a gente, as camisas também amarelas. Ia ser difícil que outra torcida os superasse.

Os belgas dominavam a Fan Fest, pois tinham derrotado os argelinos no Mineirão. Os árabes eram bem menos vistos pela cidade, em número no entanto superior aos gregos. Letícia estranhou os grupos quase sempre de homens, as argelinas bastante raras. Os europeus eram mais jovens, e tinha garotas entre eles. Gostavam de se comunicar com os brasileiros e de beber. Usavam camisas vermelhas e alguns estavam com uns chapéus com cornos que lembravam os quadrinhos de Asterix.

Ao lado do amigo Serginho, um dos desinibidos imitadores de Lady Gaga, ela acabava sendo notada, embora se vestisse discretamente e sem o rosto pintado e os cílios postiços do acompanhante. Ele desapareceu no meio do povo e ela se viu sozinha.

Começou finalmente a apresentação do chorinho. Foi para frente do palco e não foi difícil chegar. O show não animava tanto os presentes. Do alto do praticável, Lobinho a reconheceu e piscou para ela. Diego, o primo, nem percebeu que Letícia estava ali. Dava tudo o que podia no seu instrumento, concentrado e de olhos fechados.

Acabou envolvida por um grupo de gente alta e loura. Letícia lamentou não entender francês, a língua com que tentaram falar com ela. Ela quis ensinar o nome do ritmo ao que estava mais perto, mas ele provavelmente não compreendeu que aquele choro era apenas música.

Foi puxada por outro rapaz. Não era o mais bonito nem tão louro. Só tinha os olhos azuis. Nem procurou se fazer entender e foi roubando um beijo. Com uma língua áspera e um gosto amargo de cerveja.

Ela o empurrou, ele insistiu. Então foi ajudada. A mulher era mais forte que ela e, juntas, afastaram o bêbado, que saiu tropeçando. Ela, sim, era loura de verdade e linda. Não deixou que Letícia agradecesse a ajuda. E a empurrou, com raiva nos olhos.

Quando a outra foi atrás do rapaz, a brasileira entendeu que tinha participado de uma cena de ciúme. Os dois certamente tinham algo. Procurou escapar da confusão. Não pretendia ser beijada de novo pelo estranho nem apanhar da mulher furiosa.

Não ficou para ver se o grupo do primo conseguiu animar os presentes. Saiu caminhando pela Savassi. As ruas cheiravam a urina. Os pipimóveis não estavam com muito sucesso. Numa esquina, um grupo de garotas fazia uma rodinha em torno da amiga agachada. Esta quis fazer como os meninos, que se aliviavam nas árvores ou mesmo nos muros.

Letícia resolveu voltar sozinha para casa, mas a incomodava caminhar pela noite entre estranhos. Ao passar por uma esquina mais escura, ouviu seu nome. Era Serginho, a roupa um tanto amassada. Ela esperou por ele.

— Fui batizado. Agora sou internacional.

Letícia entendeu:

— Não acredito que você transou na rua.

— Encostados no muro de uma casa.

— Belga, ele?

— Argelino. E você? Pegou alguém?

— Quase, mas não rolou.

— Gringo?

— Belga. Alto, magro e de olhos claros.

— E você deixou passar?

— A namorada apareceu, cheia de ciúme. Preferi vir embora.

— Como era o boy?

Ela não se lembrava mais dele. A beleza da garota ela não esquecia. Preferiu mudar de assunto.

DE VOLTA

Da janela do táxi azul-marinho, Arno rapidamente se certificou de mudanças significativas na cidade. O próprio aeroporto tinha bem mais movimento. As pessoas, quando ele partiu, se queixavam de sua distância e insistiam em preferir o antigo, na Pampulha. Parece que Confins finalmente se incorporava ao cotidiano de Belo Horizonte.

No desembarque, Arno viu pelo saguão anúncios de hotéis que não conhecia. Feitos para a Copa, concluiu. Ia ficar com a irmã e o cunhado, enquanto não se decidisse para onde ir. Os pais tinham se mudado para Vitória enquanto ele esteve fora.

A rodovia que ligava o aeroporto e a região de Lagoa Santa à avenida Cristiano Machado, embora não se comparasse às autoestradas alemãs, não fazia feio. Sentiu que chegava ao Brasil em um bom momento.

O motorista, acreditando que fosse um turista, tentou arranhar o inglês. Disse que ele era o primeiro europeu que ele transportava.

— Sou brasileiro como você – ele explicou, sem perceber que tinha adquirido um ligeiro sotaque alemão.

Sentiu a decepção do outro, talvez à espera de uma gorjeta em euros.

— De onde está vindo?

— Alemanha.

— Ainda bem que não é alemão, porque esta Copa nosso Brasil vai levar.

Eles se aproximavam da Cidade Administrativa, o imponente conjunto de prédios de Oscar Niemeyer, erguidos para que a capital de Minas mudasse o eixo de sua expansão. Arno se lembrou da polêmica de sua construção, com tantas vozes críticas. Parecia totalmente consolidada, o estacionamento cheio de carros. Por um momento pensou em trabalhar ali. Gostaria de ficar perto do aeroporto. Infelizmente ainda não havia uma companhia alemã operando em Confins.

Concordou com o motorista que a cidade estava diferente. São Pedro era o bairro para onde se dirigia, não muito valorizado, mas localizado na tradicional Zona Sul, próximo da Savassi. O taxista não seguiu o caminho pela Cidade Nova. Preferiu passar pela velha e ampliada avenida Antônio Carlos, chamando sua atenção para as novíssimas estações do BRT. Pela primeira vez, Arno ouviu o nome com que foi rebatizado: Move.

— A Antônio Carlos é a nova Linha Verde – disse o motorista, mostrando os viadutos recém-construídos ao longo do trajeto.

Era mais uma surpresa positiva para o morador ausente, que se lembrava dos grandes engarrafamentos nos horários de pico. Passaram pela entrada para o novo Mineirão, que não dava para avistar.

— Nos próximos dias vou evitar transitar por aqui. Está ficando perigoso.

Arno ficou sabendo que também em sua cidade as pessoas marchavam contra a Copa. Cenas que tinha visto na televisão alemã não mencionaram especificamente Belo Horizonte.

O centro da cidade continuava igual. As mudanças pareciam ter se esquecido dele. Arno então pediu para que passassem pela Praça da Liberdade. Ele se lembrava do plano, ainda em andamento quando partiu, de transformá-la em um audacioso complexo cultural. Era, desde sua infância, o recanto da cidade com que mais se identificava.

E nunca esteve tão bela. Os jardins bem cuidados, os antigos prédios públicos restaurados, funcionando como museus. A praça não se ressentiria por perder o movimento dos servidores transportados para a Cidade Administrativa no longínquo bairro Serra Verde.

Arno iria voltar em breve e visitar cada atração. Reconheceu que existia ali um apelo internacional, além da Pampulha. Bem perto do centro, era um local promissor, exibindo com orgulho seu passado. Um passado mais recente, que, revivido, podia se somar aos fortes atrativos de Ouro Preto e das outras cidades históricas.

Enfim, chegaram à rua onde ficava o prédio de seus parentes. Foi recebido pela faxineira. A irmã e o cunhado estavam no trabalho. O quarto de hóspedes era pequeno e mal tinha lugar para suas coisas no armário. Era onde a irmã guardava as roupas de inverno, mas ela lhe permitiu o uso de algumas prateleiras e um número insuficiente de cabides.

Arno entendeu que deveria encontrar logo uma solução melhor. Outro endereço na cidade. Não pretendia seguir para Vitória nem voltar tão rápido para a Baviera.

A CASA

Não era de frequentar a Pampulha, mas se lembrava de uma antiga excursão ao Zoológico com a turma da escola. Desceu do ônibus no ponto errado e demorou a chegar ao endereço do anúncio.

Era uma casa grande, deve ter tido donos ricos. Ela não tinha certeza do que seria um estilo moderno de arquitetura, mas a construção era considerada assim, apesar de envelhecida e malcuidada, com várias falhas nas pastilhas das pilastras.

O lote era enorme. Tinha até piscina, mas não ficava na área mais comentada da região, embora estivesse quase à beira da lagoa. Mariana deu um passo para trás, assustada, ao ver um rato bem gordo correr e se enfiar num buraco no jardim.

Estavam demorando a abrir para ela. Tocou a campainha com mais força. Finalmente ouviu passos lá dentro, o ruído dos saltos de um sapato de mulher. Ela se sentiu menos embaraçada ao perceber que seria recebida por alguém de seu gênero. Ficaria envergonhada se fosse um homem.

Era uma coroa, tentando parecer rica, mas o colar, os brincos e os anéis só podiam ser bijuteria. Ou, como diziam ultimamente, semijoias. O vestido preto e justo estava apertado na barriga. Mesmo assim, olhou com descaso para a mulher mais jovem.

Talvez ela deveria ter se vestido de uma maneira mais atraente, tipo uma saia bem curta, uma blusa com um largo decote. Usava jeans, tênis, uma camiseta. Madame Julieta, ao confirmar que ela tinha vindo pelo anúncio, a levou para dentro.

Num escritório quase sem móveis havia duas outras moças. Uma exagerou na maquiagem. A outra se sentava mostrando a calcinha. Julieta quis saber se elas tinham experiência. As companheiras deram risadinhas cúmplices. Mariana perguntou:

— Que tipo de experiência?

— Quero saber se já fez programa.

Ela, olhando o chão, só disse "ah".

— Não vai me dizer que é virgem.

Mariana mastigou um não, ainda sem levantar os olhos.

— Que pena! – Disse a madame.

As outras duas deram risada.

— Sua cor é uma vantagem, sabia? – Julieta observou. E se dirigindo às três:

— Falam um pouco de inglês? Ou espanhol?

O trio sacudiu a cabeça negativamente. Depois de anotar o nome de cada uma, a entrevistadora as rebatizou:

— Marcela, Andreia, Patrícia.

Mariana seria Patrícia.

— Você vai precisar de um teste, menina.

— OK.

Ela então gritou:

— Juliano!

— O que foi, mãe?

— Você vai deixar a Patrícia mais desinibida.

Era um rapaz talvez mais novo do que ela e gordinho. Ele a pegou pela mão e a levou para um quarto.

— Sabe como colocar camisinha no parceiro?

— Acho que não.

— Vou ensinar. Pode ir tirando a roupa.

Ele também se despiu e se deitou primeiro.

— Vem aqui me excitar.

Ela suspirou e foi. Mas teria de fazer de olhos fechados. Precisava pensar em um homem mais bonito. E imaginou que tocava o corpo do cliente da barbearia. Magro, seguro de si, grisalho e que a deixava sem fôlego.

NO ESCRITÓRIO

Não veio de bicicleta nem poderia chegar ao trabalho de bermuda ou sapatilha de ciclista. Deixava a nova prática para os finais de semana. Lídia era estagiária na firma de advocacia. Ainda não era a especialidade que pretendia abraçar, preferia algo voltado para a informática, certamente o ramo de crimes cibernéticos. Os hackers estavam lesando meio mundo, sempre um largo passo à frente das leis que tentavam enquadrá-los.

Mas o dono do escritório era primo de sua mãe e lhe abriu as portas. Sem o estágio, não conseguia o diploma. Ainda tinha de passar pelo desestimulante exame da Ordem dos Advogados. Ela não se identificava com as causas defendidas ali. Apenas direito de família, com casais se separando, brigando pelos filhos ou pela posse da casa. Havia até uma disputa pelo cachorro, e esse foi o primeiro caso que passaram para Lídia.

Ficou mais animada quando a colocaram para assessorar uma questão de herança. Até podia sair para outro local que não o fórum, com sua rotina solene e antiquada. Sem falar de certos advogados mais velhos, com atitudes machistas diante de mulheres jovens como ela.

Iria acompanhar um perito para avaliar o imóvel disputado por três irmãos. Um casarão no bairro de Lourdes. Chegaram cedo, tiveram de esperar. A irmã que tinha a chave não apareceu. A outra irmã e o irmão, unidos contra ela, chamaram um chaveiro.

Lídia, inexperiente, não sabia se aquilo era legal. O perito disse para ela simplesmente imaginar que eles também tinham a chave, o que seria bem plausível. Os dois irmãos eram aproximadamente da idade dela. A mulher passou a acompanhar o especialista de cômodo em cômodo.

A estagiária achou que deveria dar atenção ao rapaz, pois era um cliente. Luís tinha passado pela cozinha e se dirigiu ao quintal.

— Era aqui que a gente brincava e ainda não brigava – ele comentou, ao se ver acompanhado.

Com a casa fechada por muito tempo, o chão estava cheio de folhas e poeira, o mato crescido. Lídia não podia ver o que Luís enxergava, no rastro de sua memória. Ele não explicou, ela ficou em silêncio. Antes que entrassem, chamados pelos outros, Luís perguntou se ela se interessaria em ir ao Mineirão.

— Tenho ingressos para a semifinal.

— Para o jogo do Brasil?

— Isto, no dia 8 de julho.

— Claro! Mas por que você está me convidando?

— Comprei com antecedência, e quem ia comigo não quer mais minha companhia.

— Será? E se ela muda de ideia?

— Sem chance. Ela nem mora na cidade.

— Acho que este jogo vai ficar na história. Nunca sonhei que pudesse assistir.

— Espero que você seja pé-quente.

— Vou ser. Nós dois vamos.

Quando reapareceram, o avaliador comentava com a irmã de Luís sobre uma casa semelhante na avenida Álvares Cabral. Um dos herdeiros, para irritar os outros e desvalorizar o imóvel, tinha aberto o local para moradores de rua.

— Aqui isso não vai acontecer – protestou a moça.

Ao se despedir, Lídia quis retribuir a gentileza do cliente.

— Posso lhe oferecer um café?

— Aonde vamos?

Separando-se dos outros, caminharam até o Diamond Mall. Ao entrar no shopping, ele perguntou:

— Sabe que aqui foi o campo do Atlético?

— Ouvi dizer. Mas que bom que não é mais. Sou cruzeirense.

— Eu também.

O café foi rápido. Não conversaram muito. Não houve tempo para descobrirem se tinham mais afinidades. Ela tinha de voltar ao escritório, preparar um relatório da visita e esperar pela avaliação do imóvel.

NA PRAÇA

Jório estacionou e abriu a kombi na praça do Papa, perto de um carrinho de pipoca. Fazia frio, ventava. Um menino, junto com um adulto, tentava empinar um papagaio sem conseguir levantar o brinquedo. O dia estava claro, e Alex podia ver como a cidade, lá embaixo, era grande, uma infinidade de prédios se espalhando, um quase escondendo o outro.

Algumas pessoas passeavam por perto, idosos agasalhados ou crianças acompanhadas de babás. Dois adolescentes andavam de skate. Às vezes alguém se aproximava do pipoqueiro e saía com um saquinho de amendoim ou um maior de pipoca.

Uma babá reclamou:

— Está fria. Foi feita hoje mesmo?

Devia ser da véspera, porque também não havia muita. O dono do carrinho se preparou para fazer uma nova. E ia se livrar da que lhe restava.

— Vai jogar no lixo? – perguntou Alex.

— Por quê? Vai querer? Então estende a mão.

Boa parte caiu no chão, Alex não conseguiu aparar tudo. O resto foi mesmo para a lixeira.

Estava fria e meio borrachenta, mas o rapaz não se incomodou, só pensando que o homem poderia ter usado mais sal.

Em voz baixa, Jório comentou que o sujeito era um mão de vaca, que não custava ter colocado aquilo num saco de papel. Depois, quando as novas já estouravam, começou a se espalhar o cheiro bom e convidativo. Fregueses foram chegando.

Um ou outro ia até a kombi e se interessava pelas bandeiras e os chapéus. Perguntavam o preço da camisa do Neymar, mas ninguém levou.

Jório, então, resolveu contar que o Papa tinha rezado uma missa naquele lugar, não o papa atual, mas um mais antigo. E mostrou a cruz gigantesca e de ferro que o sobrinho já tinha visto há algum tempo.

Estavam olhando o adulto manejando o papagaio à procura do impulso do vento, dando mais linha para que pudesse plainar, no lugar do garoto, que o olhava, com um ar enciumado.

Alexsandro se ressentia por não ter trazido um casaco de lã, como o que o pipoqueiro usava. Jório também tinha se esquecido.

— Não está com frio, tio?

Sem dizer que estava, Jório pegou a garrafa de café na kombi. Não estava tão quente, mas o café desceu melhor que a pipoca velha.

— Aqui não está acontecendo nada – o tio disse depois. – Vamos mudar de ponto.

Alex estava gostando do lugar, amplo e relativamente calmo, com a vista da cidade descendo a serra. As casas elegantes das Mangabeiras, tão diferentes dos barracos do Acaba Mundo. Só o frio atrapalhava.

O tio já preparava a retirada, quando o casal de namorados se dirigiu ao sobrinho.

— Cara, quanto é a camisa da seleção? – perguntou a garota.

Teve de recorrer a Jório, ainda não sabia. Eles experimentaram várias, principalmente ela, como se estivesse numa loja.

— Não tem um espelho? – ainda perguntou.

Teve de confiar na opinião do parceiro. Pagaram a Alex e saíram vestidos de Brasil.

O tio ficou satisfeito. As camisas eram caras, mas ele não baixou o preço. Até se animou a continuar por lá. Só que a temperatura e o vento não estavam ajudando.

— Vamos procurar um ponto melhor – ele decidiu finalmente.

— Que tal a rodoviária? – o rapaz se lembrou do lugar que melhor conhecia.

— Não, nem perto da rodoviária nem da praça Sete, que a concorrência é grande. Mas vamos mais para baixo, aonde venta menos e é um pouco mais quente.

Os dois estavam animados. O mais velho deixou que o outro usasse um dos chapéus. Ele mesmo acabou colocando um, assim que se viram no carro.

— Só não sopra essa corneta na minha orelha – avisou Jório.

Mal se locomoveram, alguém no carro ao lado buzinou e pediu uma bandeira. Fizeram o negócio mesmo em movimento, o homem pegando a bandeira das mãos de Alex.

Ele deixou facilmente a kombi para trás, gritando, imitando um locutor esportivo:

— Brasiiiiilllll!

PASSEIO

Os colombianos preferiram comemorar pela Pampulha ou no centro da cidade. Tiago não tinha coragem de se afastar da Zona Sul. Pequenos grupos vagavam para os lados da Savassi ou da praça da Liberdade. Um trio de rapazes caminhava, animado, do outro lado do passeio. Cada um com sua latinha de cerveja.

Queria encontrar Matias, mas nem sabia para onde o irmão se dirigiu. Estava na avenida Cristóvão Colombo naquele final de tarde de sábado. Viu quando uma viatura policial apareceu devagar, fazendo sua ronda pelo local. Então pensou que a polícia andava por ali porque uma manifestação poderia começar. Bem que gostaria de ver a marcha, mas mantendo certa distância. Sabia como uma multidão se dispersando na base da correria se tornava perigosa.

Viu então dois tipos meio índios se aproximando dos garotos que tomavam cerveja. Seriam colombianos? Os cinco começaram a conversar. Tiago atravessou a rua para escutar.

A dupla se apresentou como peruana, mas ele não sabia se o Peru estava na Copa. Tinha quase certeza de que, pelo menos em Belo Horizonte, não ia jogar. Os estrangeiros ofereceram ingressos para o próximo jogo, que seria entre belgas e argelinos. Os brasileiros se interessaram e discutiram o preço. Um dos gringos justificou que era caro porque não havia mais nada disponível nos postos de venda.

— Vieram aqui lucrar em cima da gente? – um dos rapazes questionou.

— Vão pagar ainda mais se não comprarem de nós – o peruano que falava português com menos sotaque insistiu.

Eles barganharam, e houve uma redução do preço, mas eram só duas entradas, e os interessados eram três. Enquanto discutiam não viram a viatura parar e os PMs descerem bem discretamente. Tiago foi o único a perceber.

— Cambistas estão proibidos – disse um deles, segurando um dos vendedores de ingresso, surpreendido pelas costas.

O parceiro empurrou um dos rapazes para cima do segundo policial e tentou correr. Então viu Tiago e se escondeu atrás dele, agarrando seus braços. O militar sacou o revólver e mandou que o homem soltasse o garoto.

— Nada de refém, ou as coisas vão piorar para você.

O menino prendeu a respiração, mas sentiu a pressão em seu corpo ser aliviada. Com um impulso, pôde se soltar.

Enquanto algemavam os cambistas, o primeiro policial disse para os rapazes:

— Estavam quase comprando ingressos falsos.

Um deles duvidou:

— Como pode saber? Você nem olhou para os bilhetes.

— A dupla já enganou outros otários. A gente estava atrás deles.

Calados, os peruanos foram para o camburão. Tiago foi se afastando, ainda assustado. Ouviu então um chamado:

— Ei, moleque! Não fique andando por aí sozinho. Vamos levar você em casa.

Ele aceitou, meio constrangido. Deu seu endereço e, no trajeto, olhava disfarçadamente para os dois prisioneiros. Pediu para ser deixado na esquina. Não queria ser visto por ninguém.

Esperou que o carro se afastasse. Um dos militares acenou para ele. Então foi reconhecido.

A menina da casa da esquina, chamada Marina, veio até onde ele estava.

— Você foi preso? Por quê?

— Não, eles só me trouxeram em casa.

— Não acredito, Tiago.

— Não acredita em quê?

— Você é um *black book*. Cadê sua máscara?

Ele não quis se explicar, nem corrigir a expressão errada que ela usou.

— Preciso entrar, Marina. Mas não conte para ninguém o que você viu.

VIZINHOS

Tinha trabalhado no Banco do Brasil e parecia ter uma boa aposentadoria. Quando, há poucos anos, Ronaldo ficou viúvo, uma amiga brincou, dizendo que Maria Alice e ele poderiam juntar os proventos. Mas eles nunca foram mais próximos. A mulher dele era mais acessível e às vezes gostava de conversar. Nada mais íntimo ou confidencial, claro.

Não tinha certeza se o filho do casal vivia na cidade. Há muito não o encontrava. O pai agora tinha a companhia constante de uma cuidadora. Era uma moça simpática, afável, mas Ronaldo estava a cada dia mais irritado. E tinha uma grande implicância com Fifino.

Ameaçado pela bengala do vizinho, o cachorrinho costumava rosnar de volta. Por isso ela evitava se aproximar muito. O mal de Alzheimer o fez dependente, apesar de não ser tão velho. Tinha poucos anos a mais que Maria Alice.

A moça estava sozinha à espera do elevador. Seu nome era Raquel. Entraram juntas.

— Fui trocar a camisa de Seu Ronaldo – disse a jovem, abrindo a sacola que segurava e deixando entrever um pedaço de malha amarela.

Maria Alice já reconheceu:

— É a camiseta da seleção?

— Ele exigiu o número do Neymar. Achei que não estivesse tão ligado nas coisas, mas ele ainda me surpreende. Escuta as notícias e parece, quando não se esquece logo, mais informado do que eu. Eu não tinha comprado a número 10.

— A camisa 10 até eu sei que é do Pelé.

— Agora é do Neymar, mas eu tinha escolhido a 12, que é verde, e ele não quis.

— De quem é a 12?

— Do Júlio César, goleiro.

— Normalmente as pessoas não ligam muito para os goleiros.

— Você não conhece o Júlio César? É o único galã do time. Pena que é reserva.

Maria Alice prometeu que até espiaria os jogos, se ele se tornasse titular. A jovem então ligou o celular e abriu a foto de seu ídolo.

— Ele não é divino?

A antiga professora sorriu. Aquela cara de mocinho de filme de caubói nunca foi seu tipo, mas não quis ser indelicada e preferiu não dizer o que pensava. Seguiu sozinha no elevador, assim que a outra se despediu, pensando se o buldogue francês não teria aprontado alguma, sozinho no apartamento.

Ele correu para ela, assim que a porta foi aberta. Já tinha sentido seu cheiro e estava pronto para mostrar como ficava feliz na companhia da dona. Enquanto o abraçava, Maria Alice comentou:

— Por que o Ronaldo não gosta de você? Se tivesse um cachorrinho, poderia ser um sujeito mais alegre.

O cão continuava bem agitado, agora rodando em volta da dona.

— Que bagunça, Fifino!

Não gostou de ver que, quando esteve fora, ele tinha puxado uma toalha de banho do varal e a arrastado pela área. Continuou falando com ele, que, com a atenção que recebia, chegou a latir de volta.

— Se eu fizesse parte do Congresso, iria apresentar uma lei que facilitasse a cada idoso solitário a companhia de um cachorro ou de um gato.

Ela se lembrava de como, há poucos anos, isso seria quase impossível. O regulamento do condomínio teve de ser mudado numa assembleia geral porque, no início, animais não podiam viver naquele prédio.

Hoje era até um exagero. Cães, principalmente, tomavam o lugar dos filhos. Ela tinha acabado de ver na rua um pinscher com a camisa da seleção. Não reparou se tinha número.

Agora sabia que a 10 não era mais do Pelé, mas desse Neymar de quem ela nem conhecia a cara. Também sabia que a 11 era do goleiro. Ou seria a 12?

Mesmo mais aberta para conhecer algumas coisas sobre nossa seleção, Maria Alice não pretendia acompanhar nenhum jogo. Ficaria abraçada com o Fifino na hora dos fogos para que ele não se assustasse tanto. Mas talvez assistisse a velhos filmes nos horários em que os outros estivessem roendo as unhas. Será que encontraria algum com o Alain Delon, mesmo em preto e branco? Sempre achou franceses ou italianos mais belos e elegantes que os norte-americanos. O charme latino, para ela, nunca teria igual.

TANGO

Só os argentinos conseguiram substituir os colombianos em número suficiente para que também fossem notados em várias partes da cidade.

— Se pudessem, eles acampavam na praça Sete–observou Serginho.

— Cara, sem exagero! – Lobinho rebateu.

— Eles quase não gastam e ainda vieram de bem perto – disse o primeiro.

— Se a Copa fosse na terra deles, a gente ia fazer igual. Iria ter brasileiro dormindo na rua – o outro continuava mais tolerante.

Letícia observou:

— Não sei por que estão fazendo tanta festa. O Messi marcou o deles só no último minuto. Ia dar zero a zero.

— Quando a coisa é mais difícil, é ainda mais gostoso comemorar – achava Lobinho.

Serginho lamentou a derrota iraniana. Tinha achado os torcedores lindos, para ele tinham os olhos mais bonitos entre todos os estrangeiros. Lobinho teve pena das poucas mulheres que viu, vestidas até os pés, os cabelos escondidos por véus.

O músico tinha encontrado os outros dois caminhando pela cidade e se juntado a eles. Letícia pensava em se separar dele na primeira oportunidade.

Serginho flertou com uma dupla de *hermanos*. Eles se aproximaram com o mesmo andar malandro e exagerados olhares de sedução. Enquanto um deles beijava a bochecha do brasileiro, o outro roubava sua latinha de cerveja.

Nem correram, continuaram andando calmamente, enquanto se afastavam. O amigo de Letícia não gostou. Gritou:

— Devolvam minha bebida!

E olhando para Lobinho:

— Não vai me ajudar a acabar com essa folga?

— Ajuda, cara – Letícia reforçou o pedido.

Os dois partiram para cima dos gringos, que devolveram a latinha, evitando discutir. Então agarraram o Lobinho e, bêbados, começaram a beijá-lo, no pescoço e na nuca. Enciumado, porque queria para ele aquela atenção, Serginho esvaziou a cerveja nos portenhos.

Letícia achou que dava para aproveitar a confusão e tratou de escapar. Quem sabe aquilo terminaria em samba. Ou em tango.

Foi para os lados do Edifício Maletta. Havia muita gente na porta. Desistiu de entrar. Antes de bater em retirada, olhou para a sacada. Uma mulher de blusa preta, cabelos pretos e franja, parecia olhar para ela.

A prima de Diego hesitou. Seguia seu caminho ou continuava por ali? Um bando de argentinos envolvido na mesma bandeira azul e branca veio em sua direção. Foi quase derrubada.

Quando olhou para cima, viu a figura de franja fazendo um brinde com um copo de uísque. Estava se dirigindo a ela ou aos torcedores com a bandeira? Sua dúvida quase se foi depois que a mulher repetiu o gesto. Letícia, querendo ter certeza, apontou para o próprio peito.

Com a outra mão e um sorriso, a bebedora de uísque a chamava para subir. Daí a pouco, Letícia abria caminho entre as pessoas estacionadas na entrada do edifício.

Ela se surpreendeu com a escada rolante funcionando. Achava que ela continuaria parada para sempre. Mas tinha sido consertada para a Copa do Mundo.

ESPERA

Olhou para a porta entreaberta. Por ali viria seu primeiro aluno. Com a ajuda de um antigo colega, conseguiu o local. Era onde a mãe do rapaz dava aulas de francês. Ele sublocou os horários vagos. Ou as tardes, já que ela preferia as manhãs e as noites.

Arno sabia que não viria muita gente naquela parte do dia. Talvez donas de casa ou algum aposentado. Tinha acabado de atender uma consulta pelo celular. Uma mulher se interessava em aprender a língua, mas se recusava a estudar gramática. Tentou explicar a ela que havia declinações no idioma e isto seria mais facilmente entendido com alguma recordação dos termos gramaticais. Citou o acusativo, a forma usada para o objeto direto, com sua terminação característica.

— O quê? Passei minha vida ignorando o que é esse objeto. Nunca fez falta na minha profissão – ela o surpreendeu com a observação.

— Mas com certeza estudou português.

— Estudei e fiz faculdade. E isso aí, se já soube, está bem esquecido. Nem o direto nem o indireto me interessam.

— Mas não é nenhum bicho de sete cabeças...

— Dispenso. Vou tentar inglês de novo. Tchau.

Quando ela desligou, ao mesmo tempo em que lamentou perder um aluno, achou bom não ter de conviver com alguém tão confortável com suas limitações.

Estava esperando o Markus. Devia ser, como ele, um descendente de alemão. Talvez já falasse a língua, e tudo seria mais fácil. Podiam ir direto para a conversação.

Gostaria que fosse alguém jovem, pois a idade conta para o aprendizado da língua. Mas foi uma inscrição por e-mail. Talvez ele devesse desenvolver suas aulas para que funcionassem à distância, usando o *skype*. Assim não precisaria pagar o aluguel daquele lugar. Só que ficaria preso em casa, uma casa que não era sua e onde não se sentia à vontade.

Consultou as horas no celular. Cinco minutos de atraso. Mas não estavam no país de seu avô. Apesar do nome, Markus deve ter nascido por aqui.

Ele examinou melhor o ambiente. Viu as fotos da Torre Eiffel e do Arco do Triunfo na parede à sua frente. Arno se sentiu em território estrangeiro. Mas bastaria abrir a boca, e o outro ouviria um alemão perfeito. Ou com algum acento bávaro.

Estudou para onde levaria Markus. Pediria que se sentasse numa das cadeiras dispostas em círculo ou que puxasse uma delas para perto da mesa atrás da qual se acomodara?

Foi quando empurraram a porta e, da sombra do corredor, Markus se expôs à luz da sala. Não era um adulto de pequena estatura. Era quase uma criança.

— Markus Schumacher?

— Parabéns, acertou meu nome.

— Por que eu não acertaria?

— Por causa daquele piloto da Fórmula 1. Só pronunciam o nome dele como se fosse inglês ou americano. Pelo menos meu nome não é Michael.

Mas Schumacher não tinha a menor aparência europeia. Muito moreno, cabelos cacheados. Arno adivinhou o casamento misto do qual ele nasceu.

— Você fala alemão com seu pai ou sua mãe?

— Meu pai não mora aqui. Minha mãe não fala gato em alemão.

— E você?

— Também não.

— Como sabe a pronúncia certa de seu nome?

— Eu pesquisei.

— Muito bem, *Herr* Schumacher. Podemos nos sentar?

O garoto continuou de pé, examinando a sala. Perguntou:

— Que cidade é esta? Berlim?

O tempo todo o mapa de Paris esteve atrás de Arno. Não reparou nele quando entrou.

— Aqui também dão aulas de francês. Esta cidade não fica na Alemanha.

O aluno o olhou com decepção. Tinham começado mal. Ele então se lembrou de abrir o bolso dianteiro da mochila. O mapa continuava ali.

— Veja isto.

Ele o desdobrou sobre a mesa. Ainda de pé, mandou o garoto se aproximar.

— Veja isto – repetiu. – É Munique. *München.* Fica no sul da Alemanha.

PROPÓSITO

Mariana teve vontade de fugir. Não tinha entendido ainda que daí por diante sua vida seria passar por aquilo inúmeras vezes. Trepar com um homem que não desejava. Mas se controlou e deixou que ele continuasse.

Logo desistiu de fingir que estava com um parceiro mais interessante e gentil. Sentia a cama sacudir e tentava agarrar o lençol. Até que ele saiu de dentro dela. Mas não haveria trégua.

— Chega de papai e mamãe. Vira de bruços.

Ela abriu os olhos, aliviada por não continuar sentindo o peso dele sobre seu corpo. Juliano estava suado, o peito brilhava.

— Agora, por trás.

— Mas...

Ela queria dizer para ele ter cuidado, ela nunca tinha feito assim.

— Sem "mas", Patrícia.

— Ai.

Ele a lubrificou com o próprio cuspe.

— Morde o travessciro.

Pelo menos ele não podia perceber as lágrimas que ela tentava disfarçar. Mariana engoliu o choro e pensou que odiava Juliano. Aquele sujeito gordo e suado estava, sem nenhuma consideração, fazendo dela uma puta. De repente, a respiração dele mudou. Começou a se movimentar mais devagar.

— Como você é apertadinha, Patrícia.

Uma puta deve saber agradar o cliente, conseguiu refletir. Ela ia mostrar a ele que era capaz. Ainda bem que não precisava ver sua cara, apesar da barriga melada colada em suas costas. Ia mudar de vida, ia viajar, usar boas roupas e um bom perfume, tinha de pensar só nisso. Por mais que aquilo possa demorar, vai chegar o momento em que acaba. Ela podia aguentar mais do que ele.

— Agora, mexe você, mexe pra mim, Patrícia.

Ela não só mexeu, como o apertou dentro dela. Pensou na abelha-rainha consumindo o zangão. Não podia deixar que homem nenhum a conduzisse sozinho.

— Ai, Patrícia, vamos mudar de posição.

Ele escapou dela. Mas estava lhe ensinando coisas que ela não sabia.

— Agora, vem cá, assim... Isto, Patrícia, você é boa nisso.

— Ai, Juliano...

Ela não acreditou que suspirava por ele, mas estava gostando daquilo. Ele a excitava com a mão, enquanto a penetrava.

— Quero que goze pra mim, minha puta!

Ela perdeu o controle, enquanto sentia que ele a acompanhava.

Então ele fez o que não era para ser feito e a beijou.

— Você não pode gozar com os clientes, Patrícia!

— Não vou.

— Só comigo – ele disse.

Ela pegou a toalha ao seu lado e delicadamente passou a secar a testa e depois o peito dele, o coração ainda acelerado.

— Vamos juntos para o chuveiro, minha linda.

Ao mesmo tempo, Juliano e Mariana pensavam: "Quero você em minhas mãos".

Quando reencontraram Julieta, ela perguntou:

— E aí?

O filho, fazendo cara de paisagem, respondeu:

— É, acho que vai dar certo. Só precisa de mais treino.

POLÍTICOS

Comentavam no escritório que as manifestações estavam murchando. O primo de sua mãe achava que aquilo ia terminar logo. E, quando acabassem os jogos, tudo voltaria aos eixos. A vida tinha que continuar. Não tinha sentido aquelas hordas vagando e gritando pelas ruas, sem no fundo saber por que faziam aquilo.

As coisas até que não iam mal para o país. Ele, pessoalmente, não gostava do governo, mas as eleições vinham se aproximando. Não acreditava na reeleição da presidenta. Apostava em seu adversário, o governador de Minas.

Seu sócio achava que qualquer que fosse o resultado, seria bom para o estado. O Brasil, vencesse Aécio ou Dilma, seria comandado por um mineiro. As coisas boas vindas com a Copa permaneceriam e as que não ficaram prontas a tempo seriam retomadas.

— Vamos resgatar nosso destino. Os bons tempos de JK estão voltando! – ele continuou.

Lídia não entendeu logo de quem ele estava falando. Mas eram tempos antigos. Seria a época de John Kennedy? Os dois homens passaram a discutir se Aécio Neves estaria à altura de Juscelino, pois parecia ter laços mais fortes com o Rio de Janeiro, onde mantinha residência e amigos. Ela finalmente se lembrou de Juscelino Kubitschek, um antigo prefeito da cidade que chegou à Presidência. Não havia sido ele quem mandou construir quase tudo de relevante que existia na Pampulha?

O câmpus da Universidade Federal ela sabia que não, mas tinha dúvidas sobre o Mineirão antigo. O importante era que o governador atual tinha contratado o escritório de Oscar Niemeyer, o arquiteto ligado ao nosso JK, para que trabalhasse para ele.

A terceira sócia não era tão otimista. Não acreditava muito na volta dos anos Kubitschek.

— A história não se repete. E a família do governador é azarada. Tancredo, seu avô, morreu sem tomar posse como presidente – lembrou.

— Ainda bem que a história não se repete – falou o primo de Lídia. – O neto vai ganhar. E vai nos presidir. Desta vez acontece, podem acreditar.

— Temos de aproveitar o momento e acabar com qualquer pessimismo. Para começar, vamos vencer esta Copa e apagar a lembrança ruim de 50 – pensava seu associado.

A advogada, desistindo do assunto, perguntou se alguém iria a algum jogo. A única era Lídia. Ela, de mera ouvinte, se tornou o centro das atenções. Os demais elogiaram sua animação. Todos iam acompanhar apenas pela televisão.

O primo decidiu convidar os colegas. No grande jogo da semifinal, faria um almoço em casa e juntos festejariam a vitória brasileira.

— Pena que você não vai poder vir – ele disse a Lídia. – Mas venha nos encontrar depois do jogo. Traga o namorado.

Ela se sentiu embaraçada. Bem que gostaria de convidar Luís. Será que ele viria? O que os seus chefes iriam dizer quando vissem que ela estava saindo com um cliente?

Ao voltar para casa, parou na barraca de um ambulante e comprou uma camisa da seleção. Levou também um cocar de penas amarelas. Bastariam poucas linhas pintadas no rosto e se transformaria numa índia. Soltaria os cabelos longos e lisos. Teria de se preparar para o dia 8 de julho. Ia ser uma data para ficar na história.

Já não se importava tanto sobre o que iriam pensar do convidado que levaria para a festa do pessoal do escritório. A comemoração abafaria tudo. O Brasil dando o passo decisivo para chegar ao jogo final. Uma linda vitória no Mineirão. Todos estariam felizes e não se incomodariam com seu namorado.

Namorado? Ela não estava se precipitando? E se ele recusasse o convite? Luís poderia ter outros planos. Talvez os planos a incluíssem. Se ele a levasse a outro lugar, Lídia não se importaria de abandonar os advogados. Depois se explicaria.

GRINGOS

— *Airport, please.*

Tinha sido a única frase no idioma britânico que Josué ouviu. Respondeu com um brevíssimo OK. O trio de gregos não se dirigiu mais a ele. Durante os primeiros minutos conversaram entre eles num idioma indecifrável.

Daí a pouco estavam dormindo. Não olharam nem para a paisagem. O motorista engoliu a vontade de explicar o itinerário. Nada comentou da lagoa da Pampulha ou da nova Cidade Administrativa. Em vão tinha decorado os nomes em inglês.

Tinha escutado mais espanhol, se bem que só tivesse feito uma viagem até o Mineirão, com dois casais colombianos. Fora isto, levou um pequeno grupo para fazer compras, mas os passageiros nem quiseram que os esperasse. Na verdade, ficou muito tempo parado na fila do hotel. O rádio ligado, acompanhava o noticiário da Copa.

No primeiro jogo do nosso selecionado, que lamentou estar acontecendo na nova Arena São Paulo, teve de desligar porque um passageiro mal-humorado apareceu e se sentiu incomodado com o barulho. Perdeu o pênalti que Neymar bateu e desempatou para o Brasil depois do gol contra de Marcelo.

Mas a seleção jogaria em Belo Horizonte, não tinha certeza se nas quartas ou nas semifinais. Talvez nas duas rodadas. Ele bem que gostaria de estar lá na plateia vibrando, mas estaria rodando, levando nossos torcedores.

Um colega lembrou que os ingleses tinham um jogo marcado no Mineirão contra a Costa Rica e comentou que não tinha perdido seu tempo aprendendo sua língua.

— Vão vir tão poucos, que a gente mal vai ver a cara de alguns.

Ele discordou:

— Acho que não. Vão ser muitos. Eles já ganharam uma Copa. E inventaram o futebol.

Outro motorista disse:

— Atualmente têm uma torcida muito violenta. Não sei se eu gostaria de levar um bêbado ou um bando deles no meu carro.

Josué retrucou:

— Podem deixar todos para mim. Estou preparado. Fiz meu curso de inglês.

Um mensageiro do hotel veio até eles, quando todos estavam fora de seus carros, e perguntou quem estava no começo da fila. Era o que tinha lembrado que os ingleses estavam vindo.

— O que foi? – perguntou.

— Topa um *city tour* agora?

— Estou dentro!

Foi o outro taxista que lembrou que o colega não sabia inglês. Mas os passageiros falavam espanhol, e ele assegurou que entendia muito bem o idioma dos vizinhos.

Josué correu até a recepção e esperou que lhe dessem atenção. Avisou que, se precisassem de um *city tour* em inglês, estava apto para a tarefa. A mocinha no balcão olhou para ele com cara de que não acreditava e disse que anotaria seu nome, mas pediu licença para atender um chamado telefônico.

Voltou para seu lugar. Alguém que não era hóspede queria uma corrida. O motorista da frente se recusou a aceitar. Ele teve pena e mandou o homem entrar em seu carro.

Não foram longe, gastou todo seu dinheiro trocado com o passageiro e, ao voltar, foi para o fim da fila. Anoiteceu, ele não saiu mais. A fome bateu, enquanto esperava pacientemente que alguém saísse para jantar.

PALETA MEXICANA

Tiago não contou para ninguém sua aventura com a polícia e os cambistas. Em casa, a bronca era certa. Bem que tentou comentar na escola, mas não teve chance. Todos só queriam saber do bolão, refeito sempre que o Brasil jogava.

Alguns colegas tinham sorte e conseguiam acertar o placar correto, mas ele só estava perdendo dinheiro. Passou a insistir num 2 a 1, que iria repetir até o último jogo. Não imaginou que fôssemos empatar com o México ou golear Camarões.

Quando o Brasil fez quatro nos africanos, Matias apareceu no segundo tempo e ficou diante da televisão até o final. O irmão estava se controlando para não vibrar. No dia seguinte convidou Tiago para que conhecesse um superpicolé, nova mania na cidade, a paleta mexicana.

Na paleteria na Savassi, encontraram a vizinha Marina com uma colega. Ele fingiu que não a tinha visto, mas o irmão percebeu sua presença.

— As duas estão dando molc para você.

Matias acabou chamando sua atenção para a outra garota.

— A moreninha não é de se jogar fora.

Ele pensou que o irmão estava se interessando por ela, mas não era o caso.

— Muito pirralha.

Concordou, contudo, que era bem bonitinha. O irmão deu uma chance para que ele falasse com as garotas. Notou que a vizinha esperava que ele fizesse isso.

Marina logo perguntou:

— Quando é a próxima?

Ele entendeu que ela estava se referindo à partida seguinte do Brasil.

— Vai ser aqui na cidade, sábado. Contra o Chile.

— Ei, não é isso que eu quero saber.

— O que é então?

— Quando você vai botar pra quebrar de novo?

Ele resolveu impressionar a moreninha:

— Não posso falar. É confidencial, *top secret*.

Não gostou quando viu que ela olhava por cima de seu ombro. Ao se virar, viu um rapaz sorrindo para ela.

Ao perceber que o que ele pretendia não ia acontecer, bateu em retirada e chamou Matias para irem embora.

— Amanhã tem prova de Português – foi sua desculpa.

Quando veio o final de semana, achou que ia ganhar o bolão, mas o jogo contra os chilenos acabou em um a um. O Brasil só venceu nos pênaltis.

O pai comentou que as coisas estavam ficando custosas para a seleção, com dificuldade de vencer os times latinos. Matias escapou de novo para a rua, sem o chamar.

Desta vez não quis saber de mais aventuras. Pegou o fone de ouvido do irmão e ficou escutando música. Não ficou sabendo se os chilenos seriam mais parecidos com os colombianos ou com os argentinos.

COMPANHIA

Um pouco assustado no começo, Fifino reagiu bem aos fogos. Não se escondeu, trêmulo, debaixo da cama ou do sofá, como ela tinha previsto.

— Garoto valente!

Maria Alice o recompensou com petiscos. Só não se animou a levá-lo para um passeio na rua. Ela própria estava evitando a multidão e os bêbados. Também não imitaria a dona do pinscher e jamais fantasiaria seu cão de Neymar ou Júlio César.

Nunca tinha vestido seu pet, que não iria se sentir feliz com a ideia. Bastava colocá-lo na guia e controlar seus movimentos, além da violência da castração. Mas foi convencida pelo veterinário. Não quis ver o bicho sair por aí perseguindo cadelas no cio.

Diziam que os cães se parecem com os donos. Ela riu, ao pensar que não tinha cara de buldogue, mas talvez os temperamentos se assemelhassem. E em algo eram iguais. Nunca teriam descendentes.

Fifino era a criatura mais próxima de um filho. Não se sentia diminuída por ser "mãe" de um cachorro. Ele a divertia e gostava mesmo dela. Uma prima sempre teve gatos e dizia que preferia os felinos aos humanos. Ela não confundia as coisas, pois continuava prezando a humanidade. Os brasileiros, particularmente, mereciam que ela se preocupasse com seu futuro.

O cão se deitou a seus pés, tentando dormir. Ela ligou a televisão com o volume bem baixo para não o atrapalhar. Em outros países torcedores celebravam nas ruas. Aqui estavam mais quietos, porque só tínhamos empatado com o México em Fortaleza, mas na véspera os alemães tinham vencido os portugueses em Salvador e logo depois invadiram, eufóricos, as ruas de suas cidades. Já os portugueses se lamentavam, tristes, bem amuados, entrevistados no Porto ou em Lisboa.

Pensou em esconjurar a tristeza lusitana. Se dependesse dela, não passaríamos por aquele dissabor. Sentiu não ter nenhuma vela em casa para acender pelos colegas de Júlio César. Quando saísse iria comprar uma. Com certeza, estariam vendendo muitas velas verde-amarelas.

Aumentou um pouco o som e descobriu que o senhor de bigodes era o nosso técnico, prometendo mudanças para a próxima partida. Os mexicanos celebravam Ochoa, seu goleiro, que, com grande desempenho, frustrou o ataque brasileiro. Alguém, entrevistado no outro país, dizia que seus compatriotas, como sempre, acabariam torcendo pelos brasileiros. Parece que não acreditava em sua seleção.

Maria Alice não conseguia mais prestar atenção no noticiário. A cabeça foi pesando, não via nem escutava mais nada. Não percebeu que começou a roncar nos intervalos dos roncos de Fifino. Perdeu a oportunidade de reconhecer Neymar e seus companheiros mais em evidência.

No andar inferior, Ronaldo comentava com Raquel que ele não tinha visto seu xará jogar.

— Ronaldo Fenômeno se machucou de novo? – Perguntou, muito intrigado.

A cuidadora não se animou a dizer, mas tinha certeza de que ele não estava mais jogando.

FLUTUANDO

— Você tem de ir agora, meu bem.

Mercedes tinha um bom vocabulário em português, mas não podia disfarçar o sotaque. Deu em Letícia um beijo de despedida. A brasileira, não acostumada com uísque, se sentia meio fora do ar. Tropeçando pelo quarto do hotel, tinha dificuldades de encontrar suas roupas. Já ia colocando o sutiã da outra.

— Fica quietinha. Vou vestir você.

Mais uma vez Letícia se entregou às mãos de Mercedes. Assim de perto, não tinha o ar tão jovem que a franja lhe dava. Quantos anos teria? Mais de trinta, talvez quarenta.

Da sobreloja do Edifício Maletta, ela a trouxe para um andar bem alto do Othon Palace, lhe deu bebida e a beijou diante da janela aberta. Se fosse dia, Letícia teria percebido alguns detalhes do Parque Municipal. Mas a cidade diante delas, apesar das luzes, fora envolvida pela noite. E tudo, até o quarto, depois do efeito do uísque, ficava ligeiramente embaçado. Talvez ela não pudesse se lembrar muito bem de sua primcira mulher. Só tinha certeza que tinha olhos castanhos bem claros.

Não reparou, no banheiro, nos objetos de toalete masculinos. Nem mesmo nas duas escovas de dente. Só prestou atenção nos carinhos da outra. Mas pôde observar como ela conhecia bem o português. Foi só assim que ficou sabendo mais sobre Mercedes.

— Sou tradutora. Por isto meu marido me trouxe. Posso ser útil para ele. Héctor é periodista. Está acompanhando o time argentino. Deve estar agora na concentração dos jogadores ou em alguma comemoração.

Mesmo decepcionada com a existência de um homem entre elas, Letícia conseguiu perguntar:

— Você não foi ao Mineirão?

— Preferi conhecer a cidade. Assisti ao jogo no hotel e saí para ver a festa depois. Um casal argentino me falou do Maletta. Foi assim que me encontrou, *guapa.*

— Vocês viajam atrás do seu time?

— Isto.

— Quer dizer que logo vai deixar a cidade.

— Não quer me encontrar no Rio? Podemos assistir juntas à final. Vai dar Brasil e Argentina, claro.

— Vai me levar ao Maracanã?

— Não, eu não vou ao estádio. Vamos, as duas, acompanhar o jogo de meu hotel em Copacabana.

Mercedes inseriu o número de seu telefone no celular de Letícia. Depois chamou a recepção e pediu um táxi para a garota.

No táxi, tentando parecer sóbria para o motorista, pensou que gostaria de ir para o Rio, cidade que ela não conhecia. Mas preferia que não houvesse um marido na vida de Mercedes. Nem perguntou se ela tinha filhos.

Bem que gostaria de ter ficado com o sutiã que não era o seu. Não para usar. Ela não tinha seios tão grandes. Guardaria como lembrança de sua primeira noite.

Sem dúvida, tinha sido um dia surpreendente. Nunca imaginou que entraria no Othon. Em que hotel de Copacabana iriam ficar o jornalista e a tradutora? Se ela fosse escolher, gostaria de ir para a Barra da Tijuca, bem mais na moda.

Em casa, teve dificuldades para enfiar a chave na fechadura, mas conseguiu não fazer barulho até chegar ao quarto. Foi jogando as roupas pelo chão. Ainda bem que tinha tomado banho no hotel. Ensaboada e friccionada, suavemente, pela gringa.

PALPITES

Ele detestou o filme com o tema excessivamente romântico envolvendo adolescentes com câncer. *A culpa é das estrelas* era para a plateia pouco exigente daquele cinema no shopping, em que entrou, desavisado, em plena tarde.

Voltaria para o local de trabalho com a sensação de não ter aproveitado seu tempo livre. Os alunos começaram a aparecer, mais no final do horário. Mais cedo, só mesmo o Markus.

Ainda pensava na última aula. O rapazinho acabou bastante envolvido. Tinha conseguido um texto sobre uma partida de futebol para alunos iniciantes, apostando no interesse do garoto.

O jovem Schumacher não acreditava nem no Brasil nem na Alemanha, achava que nenhum time duraria até a final. Arno pensou que seria uma saída para o menino não se ver obrigado a optar entre as duas seleções. Ou entre suas duas origens. Mas ele tinha certa razão. A equipe alemã tinha tido vitórias magras sobre os Estados Unidos e a Argélia, países sem muita tradição no futebol. O Brasil, atuando no Mineirão, só venceu os chilenos nos pênaltis.

Em breve os dois países jogariam no mesmo dia. Um combate sul-americano entre colombianos e brasileiros. Franceses e alemães numa disputa europeia. Se ganhassem, jogariam entre eles. Brasil e Alemanha em Belo Horizonte, nas semifinais. Mas o aluno acreditava que a Alemanha ficaria diante da França. O Brasil talvez passasse pela Colômbia, mas perderia mais uma vez para os franceses.

Markus estava curioso:

— E você torce para quem?

Até então, Arno tinha se identificado com as duas equipes. Antes de ter morado na Baviera, não teria dúvida em preferir o time de Neymar. Mas, agora, estava em dúvida. Foi sincero:

— Qualquer um que vença, será bom. E você? Vai estar de que lado?

— Do Brasil, claro. Acho que só tenho o nome alemão.

— E um pai, não se esqueça.

— Eu não esqueci. Quem se esqueceu de mim foi ele.

Arno se arrependeu de ter tocado no assunto. Perguntou ao aluno se ele se lembrava de como se dizia futebol em alemão.

— É claro, é muito parecido.

E ele pronunciou corretamente a palavra. Ainda tinha aprendido a dizer *Brasilien* e *Deutschland.*

— E gol, você sabe?

— Não. Como é?

— *Tor.*

O garoto repetiu a pequena palavra. Ele já podia contar até dez, embora se atrapalhasse na pronúncia do cinco.

— E então, Schumacher, quem ganha o jogo, se os dois países forem adiante para a disputa no Mineirão?

— *Brasilien.*

— Qual vai ser o placar?

— *Brasilien, eins. Deutschland, null.*

Markus propôs que apostassem.

— Quer que eu aposte na Alemanha?

— Claro. Só você vai gostar se eles vencerem. Quanto acha que vai ser?

O professor refletiu. Não queria ganhar do aluno. Pensou então num resultado absurdo.

— *Deutschland, sieben. Brasilien, null.*

O garoto riu:

— Isto nunca vai acontecer. Você está querendo perder sua grana, cara.

CLIENTELA

Mariana ainda não tinha tido muitos clientes. Estava desconfiada de que Juliano filtrava seus parceiros. O único gringo foi um colombiano apressado.

Com muito tempo livre, passou a fazer as unhas e a maquiar as outras garotas. Julieta não podia saber que ela estava cobrando. Para que não a denunciassem, sempre fazia um preço camarada.

Então vieram os ingleses, uma turma ruidosa. Sentiu que seria sua chance. Um deles forçosamente seria seu. Havia um que a interessou muito. Ligeiramente grisalho, olhos verdes, longilíneo. Ficou na sua, esperando que a escolhesse. Ela chegou a imaginar que ele gostaria dela e ainda voltaria. Depois, quem sabe, se veriam na Inglaterra.

Só que o bonitão acabou se afastando com Andreia. Tinham sobrado só ela e um careca. Gordo e precisando de um banho. Torceu para que Juliano viesse salvá-la. Mas quem estava ali, de olho nela, era a madame.

Cumpriu seu destino. O homem tinha muitas tatuagens, e ela não via graça naqueles desenhos confusos sujando a pele rosada. Preferia que ele não tivesse tomado tanto sol.

Não entendeu as sacanagens que ele dizia, mas os grunhidos deviam ser para excitá-la. Estava difícil. Apelou para seu velho truque. Imaginou estar com o cliente de Andreia. Só não tinha como tocar em seus cabelos.

O homem não podia manter a ereção. Teve de apelar para o sexo oral. Finalmente, ele conseguiu. Foi pelo menos generoso. Ela ganhou cinquenta dólares. Por que não eram libras, não entendeu, mas escondeu bem a gorjeta.

Quem seriam os próximos? As colegas ficaram ansiosas, mas não sobrou nenhum chileno para ela. Então passaram a comentar da possibilidade da vinda dos alemães. Achavam vários jogadores bonitos, mas não tinham ideia de como seriam os torcedores.

— Pelo menos são ricos. Não vão ser miseráveis como colombianos e chilenos – disse Marcela.

— Nem como os argentinos – lembrou Andreia.

Mariana não era a única que sonhava em ser levada para fora do país. Todas as outras também estavam abertas a uma aventura europeia.

Antes que viessem os alemães, o Brasil enfrentaria a Colômbia no Ceará. Julieta deu folga para todas, mas Juliano a convenceu a ficar com ele, o que não foi difícil. Não se sentia à vontade em ir para casa. Não saberia explicar como era a vida em Brasília, onde inventou trabalhar num salão importante.

Feliz com a atuação do Brasil no primeiro tempo, Juliano quis transar ali mesmo no sofá da sala. Mariana reconheceu que ele era melhor na cama do que qualquer cliente. Ela se esmerou para demonstrar a ele o quanto já podia ser boa no ofício. Terminaram carinhosamente abraçados.

No entanto os colombianos voltaram muito mais aguerridos para o segundo tempo. Não o suficiente para virar o jogo. Mas haveria duas péssimas notícias.

Thiago Silva, que brilhou ao lado de David Luiz, levou um cartão amarelo e estava fora do jogo contra a Alemanha. Mas ele não seria o maior desfalque. Quase ao final, o Brasil perdeu sua estrela. Uma joelhada nas costas, e Neymar foi para o hospital, seriamente atingido numa vértebra. Não voltaria mais a jogar.

Juliano emudeceu, não falou mais com ela e se refugiou num terrível mau humor. Ela não se importou muito. Preferiu pensar na invasão alemã. Algum deles haveria de se interessar por ela. Se o amor fosse impossível, uma nota de euro era bem provável.

LUÍS

Havia um bilhete da recepcionista sobre o teclado do computador. "Ligar para Luís". A primeira coisa que imaginou era que ele queria vê-la antes do jogo. Chegou a abrir um sorriso. Mas se lembrou, antes de discar, que ele era um cliente. Talvez quisesse apenas se informar sobre a demanda que partilhava com a irmã.

Não custava se preparar para a eventualidade. Decidiu verificar se havia novidades no processo. Abriu o arquivo referente ao caso em sua tela e gostou de ver que o perito já tinha enviado a avaliação da casa.

Se o abordasse com aquela informação, não se exporia tanto e pareceria profissional, mas estaria disponível para outros assuntos. Pretendia conhecê-lo melhor. Não só por telefone. Nem sabia o que Luís fazia na vida. Quando finalmente chegassem ao Mineirão, estariam mais à vontade um com o outro.

Estava sozinha na sala. Portanto, antes que a situação mudasse com a entrada de mais um estagiário, tratou de fazer a ligação.

— Luís?

A voz que atendeu estava surpreendentemente ríspida. Achou que tinha se enganado de número. Havia mais um Luís em sua agenda, ninguém importante.

— Sim. Quem é?

— Lídia. Estou retornando sua chamada.

— Ah, sim, mas não posso falar agora.

— Quando der então, me liga...

Ele desligou sem dar um tchau ao menos. Ela foi verificar se não tinha falado com o homônimo, mas o número era mesmo o dele.

A advogada associada a seu primo lhe passou um trabalho novo que exigiu sua concentração. Por um bom tempo se esqueceu de Luís, mas depois pensou que ele estava demorando muito para chamar. Ficou de novo curiosa. O que queria com ela?

Foi quando viu que lhe haviam enviado uma mensagem. "Sinto muito, não vou poder levar você ao jogo do Brasil." Um balde de água gelada, com o qual não contava. Não comentou com ninguém, mas se sentiu, além de frustrada, com raiva. Como ele a convidava, pessoalmente, e a dispensava com uma mensagem de texto? Aquela frase curta ele poderia ter dito ao telefone, quando a atendeu.

Ao chegar em casa, teve vontade de sair mais tarde. Lembrou-se de um grupo de ciclistas que pedalava pela nova ciclovia num passeio noturno. No meio deles se sentia segura. Nenhuma camionete com seu motorista neurótico haveria de atropelá-la.

Conseguiu se sentir melhor, acolhida por gente que também acreditava em novos tempos. Muitos usavam a camiseta da seleção. Lídia considerou como tudo corria bem para nosso time, sempre passando para uma fase à frente.

Mesmo assim, demorou a dormir. Estava, antes, certa de que iria ao jogo, vibraria com a multidão no estádio. Claro que estava sobretudo interessada na companhia. Era bem ruim ser afastada daquele modo. Pelo menos o Brasil seria hexa. Daria, sim, para apagar sua tristeza.

No dia seguinte, acordou entusiasmada. Iria propor a um colega que trocassem de caso. Não pretendia rever Luís no escritório ou no fórum. Iria ao almoço do chefe, se bem que não precisava se fantasiar de índia.

No caminho para o trabalho, deu o cocar para um garoto no semáforo. Ele adorou, ela ficou feliz junto com ele. Os dois gritaram juntos: “hexacampeão!”.

Ela usaria a camisa. Acreditava que praticamente a cidade inteira estaria de amarelo naquela tarde que já vinha chegando.

JAQUELINE

Josué se assustou quando um policial a pé o fez parar em frente ao Batalhão da PM em Santa Teresa.

— O que aconteceu?

— Um gringo foi assaltado. Precisa de um hotel.

Então, nervoso, o sujeito louro, carregando uma mochila, entrou em seu carro. Ele quis levá-lo para o lugar em que fazia ponto, mas o estrangeiro tinha uma reserva em outro, mais barato.

Josué se esforçava para entender o que seu passageiro dizia. Ele justamente se queixava de não ser entendido por quase ninguém. Tinha vindo de ônibus de Salvador. Na rodoviária, foi o último a descer.

Estava dormindo e teve de ser acordado. Quis fazer uma foto e não encontrou seu aparelho. Também tinham sumido oitocentos dólares. Foi se queixar com os funcionários da empresa. Nenhum falava inglês. Muito menos os policiais que foram acionados e resolveram levá-lo ao batalhão.

Josué estranhou que aquele desentendimento tivesse acontecido. E toda a preparação prévia para receber os turistas? Talvez funcionasse mais nos aeroportos. Não esperavam um inglês vindo de ônibus e sozinho descendo naquela estação alternativa no São Gabriel.

O passageiro se animou porque estava sendo entendido, embora o motorista perdesse partes importantes do relato. Josué pediu que ele narrasse mais devagar sua desventura.

Um brasileiro gentil lhe ofereceu um suco numa parada. De uma fruta tropical que ele não conhecia. Não se lembrava exatamente onde. Poderia ter sido em Vitória da Conquista ou em Teófilo Otoni. O militar do batalhão em Belo Horizonte falava inglês e, ao anotar a ocorrência, lhe disse que entraria em contato com o policiamento de Teófilo Otoni para que examinassem as câmeras da rodoviária.

O europeu achava uma medida inútil. O ladrão estava provavelmente no ônibus. Pode ter descido em Belo Horizonte enquanto ele estava apagado ou em outra parada do caminho. Mesmo assim registrou sua queixa.

— Espero que tenha sorte – Josué desejou num inglês gaguejado e teve de repetir para ser entendido.

Antes de terminar a corrida, perguntou se o passageiro queria ir com ele ao jogo de seu país.

— *No way.*

Explicou que seu ingresso foi também roubado. Não teria como pagar por outro, que seria mais caro no câmbio negro.

O diálogo em inglês foi aos poucos melhorando.

— Mas vai ficar na cidade?

— Até amanhã.

— O que vai fazer?

— O que me sugere? Quer me levar a algum lugar?

Josué veio buscar Thomas mais tarde. Ia levá-lo para uma volta pela Pampulha, quando o outro perguntou onde morava.

— Jaqueline, perto de Venda Nova.

Não soube responder se era alguma homenagem a Jacqueline Kennedy. Sempre imaginou que a dona do nome fosse a irmã de Juliana, que designava o bairro ao lado. O passageiro continuou interessado.

— É muito longe?

— Um pouco, fica depois da lagoa.

— Posso conhecer sua casa, sua família?

— Não é um lugar bonito, é perto de um cemitério.

— Cemitério são calmos. Não me fazem medo. Agora prefiro ficar longe do barulho da Copa.

— O que você faz em sua cidade, Thomas?

— Em Manchester, sou contador.

Josué ficou sem saber o que Thomas fazia. Não conhecia a palavra.

Ao tomar o caminho para Venda Nova, deixando a Linha Verde, pensou que o visitante teve sorte de não ter enfrentado um assaltante violento. Deve ter sido dopado com algum remédio para dormir. Mas poderia estar num hospital. Ou em um lugar pior – acabou imaginando, ao se aproximar do Bosque da Esperança.

EM FAMÍLIA

À noite, os três se reuniam para acompanhar a novela *Em família*. No elenco, a namorada de Neymar se tinha tornado a grande atração. Judite achava que ela não passava de uma menina comum. Tantas atrizes eram mais bonitas, mas não mereceram a oportunidade dada a Bruna Marquezine.

A esposa de Jório tinha gostado mais do início da atração, a cena se passando numa cidadezinha antiga de Goiás. Trazia a nostalgia de sua origem interiorana. E questionava os rumos de quase todas as histórias mostradas na televisão. Por que os heróis tinham de se mudar para uma cidade grande, no caso o Rio de Janeiro?

— Porque é assim que acontece – disse Jório. – Todo mundo se muda para uma cidade maior.

Ele olhou para o sobrinho. Alex já tinha uma expressão sonolenta. A batalha do dia a dia o deixava mais cansado que o tio. Ainda não estava acostumado.

Judite falava das vantagens de ser a namorada de Neymar. Além de estar na principal novela do momento, o noticiário da Copa costumava incluí-la.

— Tão novinha e já rica – observou a tia.

— Você joga futebol, Alex? – Jório se mostrou curioso.

Pensou que garotos vindos de ambientes sem recursos podiam transformar seu lugar no mundo pela habilidade com a bola. Era o caso de Pelé ou Romário.

O garoto contou que tinha tentado jogar, mas nunca se destacou. O tio refletiu que Alex era tímido para ser um cantor ou dançarino de funk. Talvez o sobrinho devesse voltar à escola depois da Copa. Com dezoito anos poderia ter também um trabalho com carteira assinada. Como seu parente mais próximo, tinha que estar atento para que ele não se metesse com más companhias. Ao primeiro sinal de que o garoto tivesse experimentado alguma droga, ele o colocaria no ônibus para que voltasse para junto da mãe.

Uma garota crente da vizinhança parecia se interessar por Alexsandro. Evangélicas em geral eram bem-comportadas e caso acontecesse o namoro ele não se oporia. Se não seria atleta nem músico, o garoto ainda poderia melhorar seu futuro se tornando um pastor. Judite, católica, é que não ia gostar muito.

Os negócios andavam indo bem. Alex já pegava o jeito. Jório iria trocar seu celular por um modelo mais atual e prometeu que daria o antigo para o sobrinho. O rapaz ficou animado e até mais interessado na abordagem dos fregueses. Em último caso, seria um ambulante de sucesso.

Depois do jogo em que o Brasil eliminou a Colômbia, muita gente saiu para comemorar. Não compraram tanto na kombi quanto antes do jogo. Mas não tinha importância. A próxima partida seria em Belo Horizonte, a última vez da seleção na cidade.

À noite em casa, só Judite estava informada do que tinha acontecido com Neymar, já fora da Copa. Eles, imersos no trabalho, não estavam atentos aos detalhes das conversas em sua volta. Bastava saber que o Brasil tinha vencido.

O sobrinho perguntou, quando voltavam para o Acaba Mundo, se eles conseguiriam bandeiras e camisas da Alemanha. A torcida adversária poderia se abastecer na kombi. Jório nem considerou a ideia.

No noticiário da televisão, além de assistirem nosso astro ser retirado de campo na maca, viram as expressões de tristeza de Marquezine e da irmã de Neymar.

— Isso pode ser ruim para a gente, Alex – percebeu o tio.

— Mas o Brasil não vai perder logo no Mineirão.

— Que Deus te escute!

— Ele não vai fazer isto com a gente.

Jório imaginou que o Senhor poderia ouvir seu sobrinho. Não queria guardar mercadoria por mais quatro anos. As bandeiras poderiam perder a intensidade da cor, as camisetas teriam outro modelo.

Judite também tinha seus pensamentos. Para ela, num lance apenas, a sorte de muitos pode mudar. Estava sendo solidária com as mulheres. Teve receio do que poderiam perder a atriz da novela e sua jovem cunhada. Devia ser terrível não ser mais rico nem famoso.

A VELA

Era possível que não tivesse procurado muito pelas lojas, só tentando nas mais próximas, ou realmente ninguém se preocupou em fabricar velas verde-amarelas. Maria Alice trouxe para casa uma vela azul, de um tom escuro.

Ela se sentiu supersticiosa, mas certamente não era a única. Pessoas estariam rezando e fazendo simpatias pelo país inteiro. Pelo prazer do hexacampeonato. Ela se preocupava na verdade com um possível revés. E aquilo ia se tornando uma obsessão pessoal.

O que importava perder um jogo? A seleção já tinha caminhado bastante. Continuaríamos honrados com nossas cinco taças. Aprenderíamos a ter mais humildade. O outro também deveria ser reconhecido.

Só que éramos excelentes, de fato os melhores, em uma só coisa. Ela temia pelo baque da derrota. Os brasileiros poderiam não acreditar mais no país. E já pareciam tão divididos pela política. Com denúncias de corrupção revelando grandes escândalos, seríamos certamente malvistos pelo mundo. A Polícia Federal tinha iniciado em Curitiba uma nova operação envolvendo políticos e grandes empresas nacionais, que a imprensa divulgava com certo estardalhaço. E as pessoas na rua já se influenciavam pela novidade. Em mais alguns meses, teríamos as eleições, o que agravaria a situação.

Perder a Copa, adiar o hexa, poderia acender um rastilho de pólvora difícil de ser apagado. Era para que não acontecesse que ela acendeu a vela.

Chegou à janela e ouviu uma criança gritando, entusiasmada. Uniu também sua voz à dela:

— Vamos, Brasil!

Aquele dia 8 de julho amanheceu agitado. Havia muita esperança se derramando pela cidade. Belo Horizonte poderia ser reconhecida como o cenário de uma brilhante vitória, o salto para o triunfo final.

Pena que Fifino não estivesse de bom humor. Desta vez estava afetado pelos foguetes? Não se interessou pela bolinha que ela lhe jogou. Preferiu ficar debaixo da mesa, sobre a qual estava acesa a vela azul.

Lembrou-se do polvo que previa os resultados da Copa passada, de como ficou famoso. Nesta, surgiram outros bichos tidos como "videntes", tais como uma tartaruga na Bahia e uma capivara no Paraná. Para ela, mero sensacionalismo provocado por gente oportunista.

Nunca iria pensar que seu buldogue francês tinha alguma sensibilidade para intuir um resultado negativo. Ele, certamente, só estava estressado com toda a agitação. E, sem dúvida, ficaria melhor quando tudo acabasse.

Ela refletiu que a aflição geral estava demorando a acabar. Que este jogo acontecesse logo. Depois, não seria mais entre nós. Que o Maracanã exorcizasse a outra final, celebrasse a festa que não houve no ano de sua inauguração.

Maria Alice foi para o chuveiro. No frio, não gostava de banhos mais tarde, por medo de se gripar. Naquele ano pela primeira vez se vacinou contra a influenza e não tinha certeza se as vacinas eram mesmo boas. Muitos falavam das reações e de alergias. Mas a população se acostumava a se vacinar desde a infância e se imunizava, como ela fez contra a pólio e a varíola, o que lhe deixou aquela marca na pele. Lembrou-se que teve sarampo, doença que a vacinação fez praticamente desaparecer das preocupações de todos.

Fifino reconheceu a voz de Ronaldo. Na sua janela, ele gritava algo. Talvez um estímulo aos nossos jogadores. Mas ele e o cão não se davam bem. Fifino se levantou agitado. A vela caiu no tapete. Poderia causar um acidente sério. Mas simplesmente se apagou.

CARNAVAL

— Agora não posso falar, *guapa*.

Foi a única vez que ouviu a voz de Mercedes. Não conseguiu mais ser atendida.

Letícia estava animada a viajar para o Rio. Disse à família que iria com gente de sua turma. Quase tinha feito sua mala. A mãe não concordava, mas o pai lhe prometeu algum dinheiro.

Se aqueles estrangeiros todos podiam se sentir à vontade pelas ruas do Brasil, ela também podia andar livremente pelo Rio de Janeiro. Fazia frio, mas tinha separado um biquíni. Quem sabe, dava praia em julho?

Gostaria que Serginho fosse com ela, pois se sentiria mais segura. Como faria para se esconder de Héctor?

— Vai ver que ele sabe e nem liga – respondeu o amigo.

— Acha mesmo?

— E vai querer participar do trio.

— Nunca que vou deixar.

Mas ela começou a ter dúvidas se iria mesmo encontrar Mercedes. A outra não ligava de volta. Teria conhecido alguma carioca mais interessante do que ela? Talvez sóbria, a mulher não tivesse tanta audácia como naquela noite de festa e uísque.

Letícia desistiu da surpresa. Não cortou a franja para se parecer com sua gringa. Serginho a tinha incentivado a fazer isso. Mas depois ele mesmo mudou de ideia.

— Aqui na cidade vai ficar ainda mais interessante. Você pode faturar uma alemã bem peituda.

— Quer saber? Você tem razão. Nem precisa tanto peito

Mesmo assim, foi dormir tarde, esperando que Mercedes respondesse suas muitas chamadas. Acordou com um foguete explodindo perto de sua janela.

Decidiu que iria aproveitar a vida. O Brasil iria ganhar aquele jogo. Em Belo Horizonte. O Rio era outra história. Depois se entenderia com Mercedes.

Olhou se não tinha mensagem no celular. Nada. Passou a se sentir humilhada. Quis ligar mais uma vez e dizer que não iria. Que, aliás, tudo estava acabado.

Num gesto precipitado, apagou de sua agenda o contato daquela gringa. Ao se levantar fez questão de pisar o chão com o pé direito.

Mal tinha tomado seu café, quando o primo ligou. Diego não estava alegre. O chorinho não foi confirmado para a festa da vitória.

— Será que ninguém percebe, Letícia?

— O quê?

— Que a gente teria de comemorar com música brasileira?

Ela se calou. Talvez ele tivesse razão. Ela mesma poderia se identificar mais com nossas coisas. Então mudou de assunto:

— Só não quero os argentinos na final, Diego.

— Tem razão. Vai ser ruim. É muita rivalidade, prima. Pode ter violência antes do jogo. Ou mesmo durante a partida, até entre os jogadores.

— Você vai ver, Diego. Vai ter muito samba. Um carnaval em julho pelo país todo.

OLÉ

Não tinha imaginado que os países envolvidos enviassem seus mandatários para que prestigiassem seus times. Os ingleses não chegaram a enviar a rainha, mas a Alemanha prometeu a viagem da segunda mulher mais famosa da Europa, Angela Merkel.

O mundial de futebol tinha se tornado uma imensa atração global, tanto quanto os Jogos Olímpicos. Ele jamais imaginou que Merkel aparecesse de repente em Belo Horizonte. Mas ela preferiu esperar a final. Estaria no Maracanã, caso sua seleção fosse para a decisão, e se mostraria a todo o planeta ao vivo e em cores.

É claro que ele não tinha alunos naquela tarde de terça-feira. Teve a precaução de cancelar todas as atividades com antecedência. Assistiria ao jogo com a irmã e o cunhado.

Dilma Rousseff já tinha sido vaiada no Mineirão e não voltou à sua cidade natal para aquela partida. Estaria, entretanto, no encerramento no Rio, ao lado da colega loura.

Arno tinha visto vários homens fazendo imitações burlescas da nossa chefe de estado, usando peruca e roupas femininas. Atribuíam a ela frases desconexas e pensamentos absurdos que ele acreditava serem fruto de montagens maldosas.

— Mas ela diz mesmo essas coisas – a irmã tinha explicado.

Arno teve de admitir que seu país gostava de exibir uma face bizarra. E o povo se divertia expondo o lado ridículo de sua líder. Por mais que criticassem Angela Merkel, os alemães não a tratariam com tanto deboche. Pensou que ainda eram laivos do machismo da população, que, ao votar em uma mulher, tinha dado ao mundo uma impressão de abertura e de superação de um preconceito.

— Mas não votaram nela por ser mulher – explicou a irmã. – Ela foi eleita porque Lula quis.

Ele se lembrava bem de Lula. Tinha sido reeleito quando Arno ainda vivia no Brasil. Em toda a Europa e no resto do mundo era visto como uma consistente liderança de esquerda. Até Barack Obama se tornou seu amigo. Só não entendeu o motivo de chamarem Dilma de poste.

Mal começou a partida, o marido da irmã passou a criticar os alemães. Não os jogadores, mas o povo inteiro.

Lembrou a guerra e o nazismo. Já tinha tomado bastante cerveja. Para que ele não a insultasse, a esposa deixou de acompanhar o jogo, desaparecendo da sala.

Arno passou a ser visto como o alemão infiltrado:

— Seu timinho vai voltar para casa com o rabo entre as pernas.

— Será mesmo? – ele não gostou do tratamento.

Sem ter planejado, passou a apoiar o time alemão. O cunhado se calou depois do primeiro gol, e logo veio o segundo. Arno fez questão de comemorar. Em alemão.

Ao chegar aos cinco a zero, lembrou-se do aluno e da aposta. Não queria nem o dinheiro nem a humilhação de Markus. Os alemães precisavam parar por ali.

Mas não se importaria que o cunhado engolisse sua arrogância. Sabia que deveria sair mais cedo daquela casa. A convivência depois da Copa ia ser impossível. A cada comentário que fazia em alemão, era olhado com um crescente rancor.

Sem mais nem menos, uma parte da torcida começou a ofender Dilma Rousseff. Depois muitos aplaudiram o alemão Klose, novo artilheiro da história dos mundiais, e passaram a gritar olé para a Alemanha.

Arno só voltou a falar em português quando comentou:

— O Mineirão entendeu. A Alemanha é melhor!

HELMUT

As meninas perderam muito do ânimo depois dos sete a um. Durante o jogo, foram se calando. Houve lágrimas em alguns rostos.

Marcela protestou, disse que não iria trepar com alemão. Levou bronca de Julieta. Juliano olhou feio para ela.

— Vocês todas têm de ser profissionais quando eles vierem – avisou o rapaz.

Andreia olhou para Mariana:

— Vão gostar de seu tipo, Patrícia.

Juliano de repente ficou mal-humorado. E desligou a televisão.

— É melhor se arrumarem. Pelo menos vamos faturar à custa da alegria deles.

Mas elas não se animavam. Uma comentou que seria à custa de nossa tristeza. Outra falou que eles estariam bêbados demais.

— Parem com isso. Façam o que ele disse – interrompeu a madame.

O filho acabou convencendo a mãe a relaxar pelas mãos de Mariana/Patrícia. Uma massagem enquanto os cabelos eram lavados, e, depois de presos, recebiam uma escova.

A patroa percebeu que o filho não queria ver a garota se divertindo com os alemães. Mas ela não ia permitir isso. Quando ficaram sozinhas, falou:

— Não vamos demorar, menina. Quando os clientes vierem, você vai estar pronta. Só não imagine que um deles vai levar você para a Europa.

— Ah, sonhar não faz mal...

— Em todo caso, se acontecer não será um milagre.

Para Julieta seria melhor se Juliano desistisse da garota, embora não desgostasse daquela, menos experiente que as outras. Se quisesse se arriscar com algum estranho numa terra estranha, problema dela. Não iria impedir e lhe desejaria boa sorte.

De todo modo Mariana se atrasou porque fez questão de caprichar com a dona da casa. Depois de a pentear, ela se esmerou na maquiagem. Viu que Julieta aprovou, abrindo pela primeira vez um sorriso naquele rosto fechado.

Ainda levou tempo para se colocar atraente e sedutora. Enquanto se aprontava, ouviu a balbúrdia. Os homens chegaram. Já deviam ter ingerido bastante álcool. Falavam alto, cantavam, derrubavam móveis.

Quando apareceu diante deles, Juliano tinha escolhido seu parceiro. Devia ser o mais velho do grupo. Era magro, tinha bastante cabelo, mas a cara enrugada exibia um bigode pintado e fora de moda. Quando riu para ela, mostrou as falhas nos dentes laterais.

"Filho da mãe". O pensamento não se dirigia àquele Helmut, mas a Juliano. Pensou que ele não queria que ela gozasse com nenhum outro homem. Como se ela fosse a mulher dele. Mas isso não podia acontecer. Preferia ser a mulher de Helmut.

Quis dar ao estrangeiro o melhor que podia. "Me leva com você, cara. Se quiser, viro sua noiva". Poderia ter dito isto alto, ou sussurrado em seu ouvido. Helmut não iria compreender.

Estava muito bêbado para chegar até o fim. Não demorou em desistir e apagar. Ela o empurrou para o lado e se levantou, quando ele começou a ressonar.

Já estava se vestindo quando bateram na porta. Mandou que esperassem. Não entendia o que podia ser. Chegou a pensar que fosse Juliano com uma crise de ciúme.

Mas eram os amigos de Helmut. Lá fora parecia que tinha começado uma confusão bem grande. Ele foi acordado com tapas no rosto e obrigado a se vestir.

— Para que tanta pressa? – Ela perguntou, sabendo que não teriam como responder à pergunta que não entenderam.

As meninas tentaram impedir que eles fugissem. Mas os estrangeiros correram juntos para a van que esperava lá fora. Identificada com a palavra "escolar". O motorista tinha aproveitado para diversificar seus serviços.

— O que aconteceu? – ela perguntou, meio atordoada.

Marcela apontou para o canto em que Juliano estava caído. A mãe tentava levantar o filho:

— Vem me ajudar, Patrícia.

Mais tarde, limpando o sangue do supercílio aberto, enquanto o olho já inchado se fechava, ela ouviu a explicação de Julieta:

— Fizeram a festa e deram o cano. Não esperava isso logo dos europeus.

— Como assim?

— Nenhum deles me pagou.

Suspirando, ela admitiu:

— Sou a culpada. Não achei que precisava de mais seguranças. Mas Juliano, sozinho, não podia dar conta.

— Você está melhor? – Marina perguntou ao agredido.

Não ouviu sua voz, mas a cabeça timidamente assentiu. No único olho aberto, ela percebeu a vergonha e a fragilidade de um garoto acima do peso.

MUDANÇA DE PLANO

A chamada veio na noite da segunda-feira. Ao reconhecer o nome de Luís, tentou não atender. Mas cedeu à curiosidade. O que ele queria?

— Lídia? – ele perguntou numa voz neutra.

— Sim.

— Ainda quer ir ao Mineirão?

Ela ficou em silêncio. Estava dividida entre a mágoa e o perdão. O rapaz continuou:

— Posso pegar você amanhã, se me passar o endereço.

— Mas...

— Pode me mandar uma mensagem?

Depois de mais uma pausa, ela voltou a falar.

— A que horas?

Ela gostaria que ele se desculpasse. O mais próximo disso foi a pergunta que fez:

— Você se importaria se minha irmã fosse com a gente?

— Claro que não.

Ele se despediu sem uma palavra mais íntima, mas a voz soava mais calorosa:

— Até mais.

Inquieta, Lídia não sabia o que pensar. Gostaria de ouvir algo como "gata" ao final da despedida. Outra coisa não parecia tão legal. A irmã era uma barreira colocada entre eles. Um namorado ou um pretendente não agiria assim. Mas a presença de outra mulher também a protegia de um sujeito instável.

Tentou conversar a respeito com as colegas mais próximas da faculdade, mas nenhuma estava disponível no momento. Lamentou que o estágio a estivesse afastando da companhia mais constante das amigas.

Pensou que a possível cunhada poderia até se tornar uma confidente. Mas estava precipitando o futuro. Dormiu mal e acordou tarde.

Não ia ter muito tempo para se aprontar. Ainda bem que tinha se desfeito do cocar. Não teria como fazer uma maquiagem bem-feita. De todo modo, seria uma índia *fake*. Mesmo que o disfarce a ajudasse a aparecer nas telas de tevê. Era quase impossível que algum câmera a escolhesse entre milhares de rostos, mas claro que gostaria que a reconhecessem.

Passou a esperar a carona, atenta ao celular. Se tudo desse certo, convidaria os dois irmãos para a festinha do primo. Mas não tinha como avisar o dono da casa antes. Nem sabia se a dupla aceitaria. E estaria introduzindo dois clientes na intimidade de seus advogados.

Bem que eles poderiam levá-la a outra festa onde se sentiria mais à vontade, de preferência entre pessoas jovens. Decidiu não pensar mais no assunto. Melhor aderir logo à alegria geral. Os fogos já estavam no ar, explodindo por toda a cidade.

Deixou de lado as preocupações quando o telefone vibrou:

— Pronta? Estou na sua porta.

Sentiu uma entonação bem mais amistosa. Como ele a cumprimentaria? Um beijo no rosto? Dois?

PAUSA

Aguardando a vinda dos chilenos, Josué ansiava pelo sábado. Pela primeira vez a seleção iria atuar na cidade. Uma boa ocasião para compensar o mínimo lucro com os ingleses. Thomas foi seu único passageiro. Parecia que aprendeu a língua para aquele encontro. E não é que, bem ou mal, eles se entenderam?

O homem de Manchester, da Manchester de verdade e não de Juiz de Fora, a Manchester mineira, como lembrara sua mãe, tinha se dado bem com a família, apelando para os gestos ou as traduções não muito confiáveis que ele fazia.

Eram apenas as duas mulheres em casa, a mãe e a irmã, que, apesar de professora, conhecia menos inglês do que ele. Ficaram juntos até a noite. Josué levou Thomas de volta ao hotel e fez questão de desligar o taxímetro.

A mãe, que alimentou o hóspede e o tratou como se fosse um parente próximo, se sentiria traída, ao comentar no outro dia:

— Como é que ele dá essas ideias para o meu filho?

Josué tinha falado de Cléber, ex-taxista vivendo na Holanda, e que facilitaria sua chegada e adaptação à Europa. Ele também poderia se tornar um caminhoneiro.

— *Why not?*

Thomas achou que a ideia já era uma decisão tomada. Falou, bastante animado, que tudo na Europa era perto. Apenas um túnel separava a Inglaterra do continente. Um túnel sob o Mar do Norte. Isto sua irmã já sabia, Josué ainda não.

— Depois você vem me ver – continuou em inglês.

Thomas contou que tinha uma noiva e um irmão para lhe apresentar e dedicaria um fim de semana a lhe mostrar sua cidade, em retribuição ao que Josué fazia por ele.

O taxista desejou que Brasil e Inglaterra não se cruzassem naquela Copa. Teve pena da derrota do novo amigo, se não bastasse o roubo que sofreu.

No dia seguinte, não pegou nenhuma corrida para o aeroporto, desprezando sua vantagem de entender inglês. Fez questão de acompanhar o contador até a rodoviária. Usando o dicionário, a irmã decifrou a profissão de Thomas.

Tinha respondido à mãe que a ideia da emigração nem estava madura, mas sentiu, pela tristeza dela, que seria uma decisão difícil. Mas, se fosse o caso, ela nem ficaria sozinha. A filha continuava a seu lado. Ele, assim que pudesse, mandaria presentes e algum dinheiro. Começou a se preocupar se bastava aquele pouco de inglês para ser entendido na Holanda.

Na ida para a rodoviária, Thomas disse que em todo lugar boa parte das pessoas falava a língua, e ele mesmo nunca aprendeu outro idioma. Mas o aconselhou a estudar mais. Quando se despediram, Josué estava dividido. Não tinha mais certeza de seu futuro.

Então, ao voltar para a fila do hotel, o motorista se lembrou de Seu Jaime. E pensou que tudo deveria dar certo aqui mesmo. Continuava sentindo no ar o cheiro do triunfo. Nosso caminho já estava aberto. As coisas ficariam ainda melhores.

Pensou que poderia viajar a passeio. Depois de conviver com tantos estrangeiros dentro de seu carro, estava propenso a conhecer um pouco do mundo. Quem sabe, com a mãe e a irmã. Iria à Holanda e à Inglaterra ver os dois amigos. E passaria em Portugal para agradar às mulheres da família, tímidas em relação a outros idiomas.

Teria de procurar um mapa, localizar Manchester e Londres, além da Holanda. Dar uma espiada na posição do Mar do Norte.

DESILUSÃO

O tio o deixou sozinho na kombi. Alexsandro não conseguia se desligar da voz no rádio. O locutor tinha perdido muito de seu entusiasmo, mas continuava narrando o fiasco do Brasil.

Jório caminhava diante da construção moderna que tinha sido um anexo do palácio do governo, entre o Minas Tênis e a praça da Liberdade. A cabeça baixa, as mãos no bolso, ainda usava o chapéu verde e amarelo, sem perceber o quanto parecia patético. Tinha conseguido estacionar ali perto, aguardando a multidão que viria festejar o triunfo de nossos jogadores. Mesmo sem Neymar. Imaginou que, desta vez, ia faturar como nunca. Antes da partida, já tinham vendido tantas bandeiras e camisas.

O sobrinho bem que tentou suportar cada gol alemão. Depois do primeiro, confiava no empate. Com o segundo, ficou abalado. Ele logo se lembrou de rezar. O

Senhor não podia nos abandonar. Mas o terceiro veio rápido. Depois do quinto, começou a achar tudo muito injusto. Parece que zombavam dele. De que adiantavam suas orações?

Será que a tia tinha se esquecido da vela que prometeu acender em casa? Não imaginava que ela teve de ir trabalhar. Não foi dispensada do serviço nas Mangabeiras. Portanto, não teve vela.

Da parte dele, um começo de choro. Ainda estava imóvel no intervalo, quando Jório veio até ele. Virou o rosto para o tio não ver que chorava. Mas o outro não disse nada. Apenas tirou o chapéu e o guardou. Depois olhou sua carga, desolado, antes de fechar o porta-malas.

Alex deixou o carro, resolveu conhecer a praça de perto. A beleza dos prédios e dos jardins se misturava à tristeza que parecia vir escorrendo das árvores até o chão.

Havia lugares assim na cidade, que ele percebia sempre cheios de vida. Tinha conhecido só gente alegre. E de repente, o silêncio. Pouquíssima gente nos bancos, calada. Notou que apenas ele caminhava.

Pensou no aniversário no dia seguinte. Ganharia a maioridade e, em tese, a liberdade. Viera fazer dezoito anos em Belo Horizonte. Viera ser hexacampeão. Já não seria.

Parou perto de uma estátua diante de uma fonte de onde jorrava água para um pequeno lago de fundo escuro. Não tinha ideia de quem seria aquela mulher. Sabia apenas que a figura toda branca e de pedra nunca olharia para ele. Como Deus não o olhou nem o ouviu.

De certa forma, as raras pessoas por ali tinham se transformado em outras estátuas. Lentamente foi voltando para a kombi. Suas lágrimas já estavam secas. Não precisaria sentir vergonha de Jório.

Não se interessava mais pelo segundo tempo. Os alemães podiam marcar outros gols. Nem ia doer mais. Para sua surpresa, se sentiu aliviado de estar longe do Mineirão. O estádio de que nunca se aproximou muito. Jório não quis seguir seu palpite de que deviam ir para a Pampulha. Descobriu que o tio tinha medo da multidão. Ou das confusões.

Estranhou que a figura do parente não rondasse mais por ali. Olhou em torno, meio perdido, quando foi alertado pela buzina. Jório estava dentro do carro. Abriu a porta para ele entrar.

— Para onde vamos, tio?

— Para o Acaba Mundo.

A ficha caiu para Alex. A festa tinha acabado bem antes da hora. Que sentido tinha para ele ficar na cidade? Que utilidade teria para Jório? Nunca tinha imaginado o dia seguinte ao último jogo. Mesmo se o Brasil triunfasse.

MARINA

A Copa do Mundo, que os outros em casa mal percebiam, já tinha feito mudanças em sua vida. Finalmente ganhou o bolão da escola, quando Brasil e Colômbia deu dois a um. Não era tão ligado em futebol e não achou que a saída de Neymar acabaria com as chances da seleção. Matias é que gostaria que o país perdesse e ficava repetindo aquilo.

O que interessava mesmo é que Tiago se sentia com sorte. Investiu quase todo seu lucro no jogo seguinte contra a Alemanha. Se desse aquele resultado novamente, ia ter uma grana que nunca imaginou ganhar. Todo mundo tinha aumentado suas apostas.

Só guardou o suficiente para duas paletas. Fez questão de convidar Matias, mas o irmão recusou. Disse que tinha outro compromisso. Como sempre, não explicou o que era. Mas não seria nenhuma manifestação. Nada estava marcado para aquela hora.

Não se sentiu um traíra ao ajudar a mãe a vasculhar as coisas do mais velho. Procuraram por um spray de tinta ou uma máscara, mas só apareceu uma camisinha que a mãe logo devolveu para a gaveta, tentando que ele não visse.

Agora sabia que Matias transava. Por isso, talvez, seus sumiços sem explicação. Seria porque ele era virgem que o irmão não lhe dava mais atenção? Não era nada interessante se ver cada vez mais à parte.

Foi para a paleteria. Será que teria de se acostumar a se aventurar sozinho pela vida? Sentiu como era ruim não ter com quem dividir as coisas. Ninguém sabia de sua aventura no camburão com os falsários peruanos. Pelo menos tinha a sensação de que o mundo o tinha envolvido.

Uma cena inesperadamente se repetiu. Lá estavam as duas de novo, Marina e a morena. Ali era o *point* das garotas. Ele as observava da fila em que entrou para pegar seu picolé.

As duas davam risinhos comprometedores. Pois o mesmo carinha da outra vez apareceu. Foi até a menina mais bonita, disse algo baixinho, ela riu para ele e se levantou. Os dois se afastaram.

Tiago pensou que as repetições e coincidências eram um bom presságio. Ia dar dois a um de novo. Era para confiar na sua sorte.

Resolveu se sentar com a vizinha. Poderia oferecer a ela o picolé que Matias recusou. Olhou para Marina com mais interesse. Não era de chamar a atenção, mas não era feia.

Ela aceitou que ele a acompanhasse. Aceitou também dar uma mordida na paleta de goiaba. A boca ficou vermelha e molhada. Com a ponta da língua secou o recheio que escorria.

— Por que está rindo para mim? – ela perguntou.

— Você achou mesmo que eu era um *black bloc*?

— Quer dizer que você não é?

— Felizmente, ou infelizmente do seu ponto de vista, não.

— Então o que você fazia no camburão?

— Ganhei uma carona. Os policiais não queriam me ver no meio de uma confusão.

— Como uma criancinha, claro.

— Você se acha adulta, Marina?

— Talvez.

Ela se calou, parecendo se desinteressar da conversa. Ele aproximou o picolé dela. Marina hesitou, mas voltou a morder. Ele começou a se interessar por aquela boca.

— Você já beijou, Marina?

— Claro que já, Tiago.

Quis perguntar a ela como era, mas não iria se entregar. Seria melhor tomar logo uma atitude.

— Vamos lá fora?

— Aonde?

— Até a esquina.

— Fazer o quê?

— Não gostaria de me beijar?

— Não.

Ele tentou se recuperar.

— Tem certeza?

— Claro que eu tenho. Não vou beijar qualquer um.

— Então não vou pagar uma paleta para você.

— Não preciso. Ainda tenho dinheiro.

Ela se levantou e foi para o caixa. Ele acabou seu picolé. Ela passou por ele chupando sua paleta. Nem olhou em sua direção.

Tiago achou que precisava reagir. Ia comprar outra para ele. Também de goiaba. Não gostava de variar. Desistiu, não ia voltar para a mesa vazia e se sentar sozinho.

CAVAQUINHO

Letícia acordou enjoada. A cólica mensal tinha vindo, complicada. Chegou a pensar que se a aventura tivesse sido com Héctor, e não com Mercedes, pelo menos não estaria grávida. Mas agora tinha certeza de que nem Héctor nem Lobinho teriam uma chance real com ela.

Ainda na cama, ligou o rádio. Tirou das notícias de esporte, procurando uma música. Acabou surpreendida pela voz de Luan Santana. "É que você me causa febre/ De uns quarenta graus ou um pouco mais/ Eu quero é você/ Eu amo só você/ E o resto tanto faz/ Tanto faz".

Sentiu o corpo quente. Estava também com febre? Mas que dia mais esquisito estava sendo aquele. Veio, então, a certeza de que a seleção ia perder.

O que será que aquela tartaruga palpiteira, que diziam que acertava os resultados, tinha demonstrado?

Teria adivinhado que não ia dar para nós? Será que os argentinos seriam campeões?

Ela não se importaria se eles tomassem nosso lugar, caso Mercedes ligasse. Tinha sido tão estúpida ao apagar o contato da outra. Agora dependia que ela se lembrasse dela. Mas, bêbada em Copacabana, Mercedes só teria olhos para as cariocas bronzeadas. E será que elas se interessariam por aquela pele tão branca?

Fechou os olhos e reviu os cabelos pretos, a franja. Mercedes era uma espécie de Branca de Neve. Quase cantou. Eu quero é você, Branca de Neve. E o resto tanto faz.

Pulou da cama e ficou ainda mais tonta. Achou o celular, e a voz de Serginho lhe deu vontade de chorar. Disse a ele que estava doente, não iriam se encontrar depois do jogo.

Mesmo porque estava quase certa de que não haveria outra festa. Podia tomar o lugar daqueles bichos esquisitos, certamente manipulados ou cujos "palpites" não passavam de coincidência.

Quase não tomou nada no café. Mas comunicou aos pais sua certeza. O Brasil ia perder.

— Logo na nossa cidade? – a mãe observou.

— Não tem a menor chance de acontecer isso – o pai duvidou.

Não almoçou, pois não tinha fome. Na hora do jogo estava dormindo. Não atendeu quando Mercedes ligou mais tarde, tentando consolá-la. Mas a argentina não deixou mensagem. Letícia não identificou a chamada perdida.

Foi só no chuveiro que se sentiu melhor. Parecia que todas as coisas ruins desciam pelo ralo junto da água com que se lavou. Nem reparou que quase não havia barulho na rua. E o jogo já teria acabado.

Ao encontrar o pai, ele perguntou:

— Como você podia saber?

— Então nós perdemos?

— Um vexame. Sete a um.

Quando percebeu, uma música começou a ser tocada dentro de sua cabeça. Era um chorinho. No outro dia, Letícia telefonaria para Diego. O momento não era propício. As pessoas deviam estar muito confusas. Mas ela não. Queria saber se ele lhe ensinaria a tocar um instrumento. De preferência, o cavaquinho.

PARQUE

A irmã tinha lembrado a Arno da perseguição aos alemães durante a Segunda Guerra. Comerciantes viram seus negócios depredados em Belo Horizonte. Um velho amigo da família, quando pôde reabrir sua livraria, decidiu fazer isso no Rio.

Ele retrucou que a situação era diferente. Foi apenas uma partida de futebol, sem mortos ou feridos. Além de tudo, ao se casar, ela ganhou a proteção de um sobrenome brasileiro. Quanto a ele, não tinha nenhum bem a ser desapropriado. Não precisavam temer nada. Não tinha cabimento expiar mais uma vez o rancor brasileiro.

— Logo isso tudo será esquecido – disse ele.

— Mas não precisa sair hoje. Nós temos cara de alemães.

— Ou de suecos ou de ingleses. E, sobretudo, somos brasileiros.

Mesmo com a hostilidade do cunhado, Arno não se abalou. Foi para a sala que compartilhava para ganhar sua vida. Na rua, sentiu como tudo voltava rapidamente ao normal.

Markus estava ainda mais atrasado. O professor chegou a pensar que não viria. Então, a porta foi empurrada. O aluno não tinha uma boa cara.

— Ei, Markus, foi só um jogo. Você mesmo não acreditava no Brasil.

— Mas não era para perder para a Alemanha.

— Não fique com raiva de mim. Nem acertei o placar. Ninguém deve nada a ninguém.

— Acho que não quero mais aprender essa língua.

— Markus, você é um cidadão alemão. Deve aproveitar a vantagem da dupla nacionalidade.

— Que vantagem? Serviu para você? Por que está aqui de volta?

— Porque posso construir minha vida em qualquer lugar. Você, que é mais jovem do que eu, também pode.

O garoto olhou o mapa de Paris por cima dos ombros de Arno.

— Você também ensina francês?

— Não, mas pode aprender nesta mesma sala. Quanto mais idiomas dominar, melhor vai ser. Já vi que tem facilidade. Você está indo muito bem com o alemão.

— Mas a Alemanha está muito longe de mim.

— Bom, não vou insistir. Só não vale a pena se abalar tanto pelo resultado infeliz de um jogo.

— Não sei, mas hoje não quero saber dessa língua.

— Quer dar um passeio? Não tenho outras aulas depois desta.

— OK.

— Quer ir ao cinema?

— Você disse um passeio.

— Sim, *Herr* Schumacher.

Saíram andando rumo ao Parque Municipal

— Gosta de remar, *Herr* Arno?

— Gosto.

Foram caminhando pela avenida Afonso Pena. O trânsito constante bem ao lado. A vida voltava rápido à realidade. Os dois teuto-brasileiros se dirigiram ao portão de acesso. Passaram entre as árvores, se afastando do barulho intenso da cidade. Seguiram em direção ao lago.

OUTRO RUMO

Quando as meninas foram despedidas, Juliano disse à mãe que Mariana precisava ficar. Julieta ainda a chamava de Patrícia, mas o filho já a tinha levado para morar em seu quarto. E ela, para ele, tinha se tornado Mari.

Madame deu uma gargalhada:

— Ela sozinha vai sustentar a família? É melhor liberar a garota, e você volta comigo para Ilhéus.

Juliano resistia:

— O contrato de aluguel desta casa é longo. Vamos continuar aqui.

— Não quero. Fui muito infeliz com o empreendimento – insistiu a mãe.

Ela então desconfiou de que havia algo errado:

— Por que me deixou mandar embora as outras?

— Porque a Mari não vai ser mais puta!

Julieta encarou quem parecia estar se tornando sua nora. A outra sustentou o olhar em silêncio. Juliano falou por ela.

— Você não entendeu, mãe. Ela tem outra profissão. É manicure, faz maquiagem e sabe muito de corte de cabelos e penteados.

Madame compreendeu.

— O puteiro vai virar salão de beleza. É isso que vocês decidiram?

— Se quiser, você pode nos ajudar, mãe.

— Como assim, você é que vai administrar o negócio? Eu fico no caixa?

Mariana se manifestou pelo casal:

— Não, o Juliano vai aprender uma profissão. Eu e ele vamos fazer juntos um curso de cabeleireiros.

— Pois é, preciso pensar num jeito de sobreviver sozinho.

— E ele leva jeito – disse Mariana.

— Como pode dizer isso?

— Quem a madame acha que acerta as pontas de meu cabelo e retoca minhas sobrancelhas?

— Vamos precisar de sua ajuda, mãe.

— É, a senhora pode ficar.

— Não vou fazer curso de manicure.

— Mas pode ajudar a tomar conta das funcionárias que nós vamos contratar – falou o filho.

— E, claro, ser responsável pelo caixa. E por agendar os horários das clientes – explicou Mari.

— Você pode ser uma espécie de nossa gerente.

Julieta se rendeu. Não iria mais voltar para a Bahia. Mesmo descontente com a informação final do filho:

— Eu e Mariana seremos sócios.

A sogra se consolou, imaginando que sua vida seria menos perigosa. Perguntou:

— Já escolheram nome para o salão?

— Estamos pensando ainda, mãe. Só não vai ser um salão. Vamos chamar de estúdio de beleza.

— Bem mais fino, concorda? – arrematou Mari.

SURPRESAS

Ele foi gentil, saindo do carro para cumprimentá-la. O beijo no rosto foi uma surpresa boa. Só não gostou que a irmã viesse no banco da frente. Mas Luís, solícito, abriu a porta para que ela se acomodasse atrás deles.

Achou bom que eles não tocassem na demanda com a outra irmã pela velha casa. Falaram das expectativas com o jogo e reclamaram do trânsito. Luís concordou com Lídia. Se o metrô tivesse ficado pronto, o trajeto até o estádio seria mais calmo.

— Eu é que não ia me meter num vagão de metrô com uma multidão descontrolada – comentou Laura.

Só naquele momento Lídia se lembrou do nome daquela que poderia se tornar sua cunhada. Achou interessante que os três tinham a mesma inicial.

— Mas para quem viesse de carro, o trânsito fluiria melhor. Com o metrô, até o número de ônibus diminuiria – Lídia observou.

— Claro! – Luís, sempre simpático com ela, concordou.

Achou meio estranho os dois usando bandanas iguais na cabeça com a estampa de nossa bandeira. Principalmente no caso do irmão. Embora não fosse muito de beber, aceitou a lata de cerveja que Laura ofereceu. Não se sentiu à vontade para observar que Luís, dirigindo, não devia beber.

Ainda mais quando, ao terminar a segunda latinha, ele não conteve o arroto. Pediu desculpas, mas aquilo foi muito desfavorável à sua imagem. Além da sofreguidão com que ele bebia. E era acompanhado por Laura.

O coração de Lídia bateu forte quando entraram no Mineirão. Para não se perder no meio do povo, ela ousou segurar a mão dele. Ficaram assim até que encontraram seus lugares. O pouco que tinha bebido fez com que ela ficasse mais condescendente com as companhias.

Continuaram bebendo, enquanto o jogo não começava. Ela tentou acompanhá-los, mas eles não pareciam que ficariam embriagados. Ela teve de ir ao banheiro, ainda nos primeiros minutos. Quase se perdeu, ao voltar ao lugar. Levou um susto com o placar. Um a zero, e não era para o Brasil.

Laura começou a dizer palavrões a cada novo gol. Sempre era dos adversários. Luís tinha ficado calado. Não comemoraram nosso gol. E ele, assim como faziam muitos, não quis aguardar o final.

— Vamos embora!

Como ela não se mexesse, ele a puxou com força. Lídia quase caiu.

— Vamos logo! Sem frescura! – ele a empurrava.

Ela não tinha coragem de olhar para os irmãos, transtornados e agora muito feios. Foi ela quem localizou o carro estacionado. Deu um grito quando, manobrando, Luís bateu em outro veículo.

— Calada aí atrás – gritou com ela de volta e fugiu à toda.

Veio correndo pela avenida Carlos Luz. Ela imaginou que Laura fosse convencê-lo a dirigir mais devagar, mas foi o contrário:

— Aperta fundo esse pé! Vamos voar!

Por sorte nenhum policial os viu pelo caminho. Lídia sentiu que ele não estava considerando levá-la em casa. Seguiam direto ao endereço deles. Quando o carro teve de parar num sinal, abriu a porta e desceu.

— Vão se ferrar, imbecis! – gritou para os dois irmãos.

E ele arrancou, sem se importar em bater, atropelar ou capotar.

Ela decidiu ir a pé para casa. Calculou uma boa meia hora pelas ruas da cidade. Alguém do contra ainda estourava foguetes. As ruas permaneciam vazias, a não ser os carros que vinham da Pampulha com seus passageiros desanimados. Lídia só queria chegar, tomar um banho e esquecer aquele 8 de julho.

No dia seguinte, não foi ao escritório. Telefonou, avisando que não estava bem. Mas vestiu sua roupa de ciclista. Era a única na pista naquela quarta-feira. Tinha uma certeza e uma dúvida, enquanto ia pedalando. A certeza: não queria mais saber de Luís. A dúvida: algum dia teria vontade de voltar ao Mineirão?

O FUTURO

Não deu mais para continuar trabalhando com aquele hotel. Os hóspedes foram sumindo. A direção quebrava a cabeça para aumentar a frequência, mas não estava encontrando solução. De repente, Belo Horizonte dispunha de uma oferta exagerada de quartos. Situação pior era dos donos dos hotéis não concluídos a tempo. Teriam de dar outro destino aos prédios.

A irmã de Josué relatou o caso de conhecidos que pretendiam lucrar alugando suas casas para os torcedores e não conseguiram fechar nenhum negócio. Havia um clima de desilusão pela cidade. A derrota da seleção era cobrada de todos.

O taxista se animou com a chamada de Seu Jaime. Poderia retomar as corridas ao aeroporto. Um sinal de que a vida em breve se normalizaria. Aquele passageiro sempre lhe trouxe boa sorte.

Mas ele também parecia afetado pelo mau humor geral. Não quis puxar assunto durante o longo trajeto.

— Vamos combinar a volta? – Josué propôs.

Não era permitido que ele aguardasse no ponto oficial, ocupado pelos colegas credenciados. Mas ele não estaria longe, aguardando que o cliente telefonasse e o pegaria nas proximidades do desembarque. Já tinham feito assim e deu certo.

— Pois é, Josué. A princípio, é nossa última viagem.

— Como é?

— Estou indo de vez. A empresa fechou a filial aqui. Tive sorte de ser transferido para São Paulo.

Ele retomou um pouco do velho entusiasmo.

— É lá que tudo acontece. São Paulo não deve muito às maiores cidades do mundo.

Josué não conseguia perguntar mais nada.

— Brasileiros do país inteiro continuam indo para São Paulo construir seu futuro – Jaime continuou.

Ele se lembrou do que o passageiro dissera de outras vezes. Que gostava da relativa calma de Belo Horizonte. Que o trânsito da outra cidade era horrível. Que as pessoas perdiam horas de sua vida tentando chegar ao trabalho. Que havia fila para tudo quando queriam se divertir. Filas bem grandes para o cinema, senhas na espera dos restaurantes. Era uma vida estressada e difícil, além de cara.

Achou que o outro estava era mentindo para ele mesmo. Ninguém muda de ideia de uma hora para outra. Por isso veio até ali tão diferente, tão calado. O que aconteceu é que se agarrou à oportunidade que apareceu. Deve ser muito difícil para alguém nas condições em que vivia ficar sem emprego.

Eles se despediram com um abraço diante do portão de embarque. O motorista foi sincero quando desejou boa sorte ao cliente.

— Bom retorno – foram as últimas palavras que Josué ouviu de Jaime.

Voltaria sozinho, pois não teria como pegar outro passageiro. Veio pensando se queria que Belo Horizonte se tornasse mais parecida com São Paulo. Faria mais corridas e ganharia mais. Por outro lado, o trânsito complicado o deixaria mais nervoso.

As obras para a Copa tinham melhorado seu dia a dia. Esperava que durassem bastante. Mas se a vida desse para trás, teria de seguir Jaime ou seu colega Cléber. O mundo era grande, mas as fronteiras não estavam fechadas. Foi quando decidiu se informar do que devia fazer para conseguir seu passaporte.

A VOLTA

Bem que gostaria de ligar o celular e avisar à mãe que estava chegando. Impossível. Ela não tinha um aparelho como o dele. Alexsandro nem sabia se havia um sinal bom onde moravam. Quase no final da cidade, a meio caminho da roça, numa rua de terra perto da estrada.

Desta vez viajou de dia e conseguiu lugar na janela. Desceu em todas as paradas. Ficou atento aos nomes das cidades. Não entendia porque as pessoas preferiam viajar à noite. Não percebeu nada na vinda. Praticamente só dormiu.

Não tinha noção de que Belo Horizonte era tão grande. O ônibus custou a deixar a cidade. E como havia curvas na estrada, tantos morros pelo caminho.

Será que voltaria ao Acaba Mundo? Jório o convidou para a próxima copa. Mas não seria igual. Aconteceria em outro país, não haveria jogos no Mineirão nem gringos em bandos pelas ruas. Judite, a tia, por sinal, ficou bastante pessimista.

— Não vai ser um bom negócio. E acho que tão cedo o Brasil não ganha outro campeonato importante.

Quis contestar, mas se lembrou dos sete a um. Também não acreditava mais na seleção nem nos nossos jogadores. E não se animava a pensar se, depois daquilo que permitiu que acontecesse, Deus de fato existia.

Jório disse para ele voltar para a escola. Ele prometeu que sim, mas tinha aprendido a trabalhar. Com o dinheiro que ganhou, ia comprar uma bicicleta. Só não iria usar aquelas roupas apertadas que via no pessoal pedalando. Mas o capacete, sim, era necessário.

Poderia, depois da escola, fazer entregas para o supermercado onde a mãe fazia compras. Estava atrasado, já com dezoito anos. Mas dava para terminar o ensino médio. E tinha aprendido a se virar e a ganhar dinheiro.

Depois, não sabia. O futuro, a mãe dizia, a Deus pertence. Ou não pertence a ninguém. O tio achava que sonhar vale a pena. Mas que devia ter cuidado para não sonhar demais e se extraviar do caminho.

Pela janela do ônibus, as casas da última cidade iam ficando para trás. Vinham as árvores e os pastos. Gostou de ver os bezerros e as vacas. Tinha saudade do mato. Em casa, tinha sua cama e um colchão de verdade. Não precisaria arrastar o colchonete pela sala apertada do beco dos Desenganos.

Judite queria se mudar de lá. Pretendia ir para um prédio dos muitos que eram construídos num programa chamado Minha casa, minha vida. Também na sua cidade já havia conjuntos habitacionais. Mas gostava de sua casinha, que o pai construiu. Agora ele fazia falta. Pensou na mãe, que devia estar sentindo a ausência do filho.

Naquela hora, estaria dando duro na máquina de costura. Felizmente não quis se casar de novo. Um padrasto ele não queria. Só lamentava não ter irmãos. Assim não seria tão sozinho.

Começou a reconhecer a paisagem. O rio, a ponte, depois do milharal. O posto de gasolina, as primeiras casas. O ônibus entrou na sua cidade, a caminho da rodoviária.

Foi identificando rostos e nomes. A sacola que levou voltava mais cheia, apertada e um pouco mais pesada. Dali tinha de andar um bom pedaço até sua rua.

Felizmente o tempo estava ameno, não ia torrar a cabeça naquele sol de duas da tarde. Ele não ousaria se proteger com o chapéu verde-amarelo, lembrança dada por Jório do tempo que passaram juntos. Mas ia pendurá-lo na parede do quarto.

FIGURINHAS

Há pouco tempo ele tinha um bom dinheiro. Depois, a grana sumiu pelo ralo com aqueles sete a um. Não soube parar, apostou praticamente tudo. Só sobrou o valor de uma paleta. A que não precisou pagar para a vizinha que não quis seus amassos.

Aquele assunto só teria como comentar com o irmão mais velho, mas Matias pouco ligava para sua companhia ultimamente. O que teria feito se o dinheiro ganho na escola tivesse ficado em suas mãos? Provavelmente compraria um *game*, que teria de jogar sozinho. Matias há algum tempo não se interessava mais. Matias já usava camisinha. Ele não conseguia nem um beijo da Marina.

Teria chegado o momento de crescer? Às vezes lhe perguntavam o que iria fazer da vida. Ainda não sabia. Mas nunca diria que queria inventar *games*. Ou ser um jogador de futebol. Embora com a bola nos pés fosse melhor do que o irmão. Nem Matias contestava.

Tinha de preparar a lição de Ciências. Bem que gostaria de ser um adulto tão entusiasmado quanto Alcides. Mas não tinha jeito para professor nem para cientista. Muito menos para "ecochato". Não se via carregando bandeira ou gritando na rua como Matias. Não o surpreenderia se o irmão acabasse no Green Peace.

Ele gostava de filmes e séries de detetives. Gostava de coisas de faz de conta que se passavam por verdadeiras. Na verdade, ainda gostava de brincar. Não seria ruim trabalhar com filmes ou na televisão.

Pensou que seu caminho poderia ser por aí. Mas ainda era cedo. Não tinha de apressar o futuro para imitar Matias. Seu dia ainda ia chegar. Nem sabia o gosto de um beijo.

Tratou de terminar a lição. Foi para a rua. E se viu caminhando para a paleteria. Não estava atrás de menina nenhuma. Ia comprar uma paleta de goiaba. Ele gostava mais daquela e merecia gastar assim o que sobrou do dinheiro do bolão.

No caminho, percebeu as figurinhas rasgadas de um álbum da Copa. Juntou os pedaços e jogou numa lixeira. Tínhamos de ser mais educados. E começar a esquecer aquele dia difícil.

MÚSICA AO LONGE

Tudo aconteceu sem que ela percebesse. O apartamento do andar abaixo estava à venda. Preocupada com o destino do vizinho, Maria Alice foi se informar com o porteiro.

— O filho veio buscar o pai.

— Estão juntos, então?

— Seu Ronaldo foi levado para um asilo.

O funcionário do prédio foi simples e preciso. Não usou o eufemismo da casa de repouso.

Maria Alice se apressou a tomar o elevador. Sempre era preocupante o Fifino sozinho em casa. Estranhou que ele, embora tivesse vindo recebê-la, logo voltasse a cochilar junto ao sofá.

Concluiu que o buldogue francês estava envelhecendo. Os cães ficavam velhos e morriam em pouco tempo. Mas, pelo que sabia, não caducavam. Como estaria Ronaldo no asilo? E Raquel? Teria arranjado outro emprego? Teria de ver com o porteiro se ela tinha deixado algum contato.

Na verdade, era uma preocupação egoísta. Raquel seria a cuidadora que gostaria de ter quando chegasse sua vez. Sentiu um peso no estômago. Não estava pronta para depender dos outros.

Olhou para o sonolento Fifino. Iriam por um tempo dividir suas velhices. Talvez, como acontecia com os cães, ela não pegasse Alzheimer. Sabia que usava um verbo errado. Solidão também não se pegava. E realmente nunca a tinha incomodado muito.

Ficara assim, meio deprimida, como tanta gente à sua volta. Por causa do fracasso da seleção. Precisava ser de sete a um? O pessimismo que ela pressentia na vida dos brasileiros seria tão difícil de suportar.

Mas ainda levaria tempo. Ou algo bom e imprevisto poderia acontecer e transformar nossa sorte. Ela é que vinha se tornando uma mulherzinha ranzinza, com medo da vida e das pessoas.

Tinha medo dos novos vizinhos, quando viessem. Seriam barulhentos? Implicariam com seu cachorro? Preferia que não fossem jovens.

Estava com medo dos jovens. Não se reconhecia. Por anos viveu entre eles. Mas as gerações se sucediam, diferentes entre elas. Recebiam nomes com as letras finais do alfabeto. Já teriam chegado à geração Z.

E depois, tudo recomeçava? Ou depois de Z não haveria mais humanidade? Seríamos seres híbridos, com chipes implantados sob a pele, vivendo bem além de um século? Perseguindo a imortalidade? Prontos a ganhar o espaço e deixar este planeta, com cada vez mais secas, terremotos, degelo e inundações? Os incêndios na Califórnia se repetiriam no Brasil? As pessoas ou o que restar delas se acostumariam a viver vigiadas? As câmeras eram bem mais comuns nas ruas e nos prédios.

Melhor parar. Fechar a porta para aqueles pensamentos. Iria voltar à aula de ioga, que abandonou tão rápido. Teria de aprender a meditar, a se sentir bem em silêncio. A se preparar para morrer sem aflição.

Ainda tinha a companhia de Fifino e sua própria lucidez. O futuro talvez não valesse a pena. Mas o presente permanece. Com seus dias de sol e chuva, de flores brotando, atrasadas ou não, e árvores crescendo, mesmo tortas.

O céu permanecia azul. E era uma grande bobagem imaginar que mundo nos esperaria depois da Copa. Pela janela aberta, de uma direção não identificada, uma música entrava, bastante agradável.

1ª edição [2022]

Esta obra foi composta em Caslon e Alpha sobre papel
Pólen Bold 90 g/m² e impressa pela Artes Gráficas Formato
para a Quixote+Do Editoras Associadas.

#tudocomeçanalivraria #quixotedo2022 #oanodacopa

MISTO
Papel | Apoiando o manejo florestal responsável
FSC® C092828

A marca FSC® é a garantia de que a madeira utilizada na fabricação do papel deste livro provém de florestas que foram gerenciadas de maneira ambientalmente correta, socialmente justa e economicamente viável, além de outras fontes de origem controlada

O Selo Carbon Neutral certifica que as emissões de GEE serão compensadas por ações que evitem o desmatamento e a degradação ambiental, gerando restauração, preservação, conservação de florestas nativas do Cerrado, preservação da hidrografia local que alcança a bacia do Rio São Francisco e promovendo o desenvolvimento do extrativismo sustentável com agricultura familiar.